Nessa Altura · Sagen
Nürnberg und Mittelfranken

# Die schönsten Sagen
## aus Nürnberg und Mittelfranken

ausgewählt und erzählt
von Nessa Altura

Scherenschnitte
Angela Holzer

Prolibris Verlag

Originalausgabe. 1. Auflage 2001

Tel 0561/602 70 71, Fax 0561/6 66 45
www.prolibris-verlag.de


Alle Scherenschnitte Angela Holzer,
außer Reihenlogo und Autorenporträt: Veronica Felgentreu
Druck: Thiele & Schwarz, Kassel
ISBN: 3-935263-13-9

# Inhalt

# Die Sagenroute

Die Zahlen unter den Ortsnamen verweisen auf die Seitenzahlen der Sagen in diesem Buch.

## Vorwort

Der besondere Reiz der Sage liegt in dem wahren Kern, der ihr zu Grunde liegen soll. Sie erzählt von Erlebnissen, die sich so – oder doch so ähnlich – ereignet haben könnten, und von den Spuren, die sie hinterlassen haben und die zum Teil noch heute besichtigt und erkundet werden können. Im Gegensatz zum Märchen, das fast nie Ort und Zeit benennt, also im fiktiven Irgendwo spielt, gibt die Sage ihren Handlungsort an, nennt Gemarkungen und Gebäude und berichtet von realen (bekannten wie unbekannten) Persönlichkeiten der regionalen Geschichte. Dadurch stellt sich beim Leser, der die Region kennt, eine ganz andere Betroffenheit ein. Liest man von unheimlichen Geschehnissen, die im eigenen Lebensumfeld passiert sein sollen, erhöht das den Nervenkitzel. Der Lesegenuss und die Spannung steigen, wenn es dem Erzähler gelingt, den dokumentarischen Kern der Sage zu beleben.

Alle für diesen Band ausgewählten Sagen stammen aus Mittelfranken. Das bietet dem Leser aus dieser überschaubaren Region den Vorteil, die einzelne Sage sofort räumlich zuordnen zu können. Die Orte und Plätze, die hier erwähnt werden, sind weitgehend bekannt, das macht den Reiz dieser Sagen aus und fordert immer wieder zu gedanklichem Vergleich von Beschriebenem aus alter Zeit und heute noch Sichtbarem heraus.

Der vorliegende Band dieser Sagenreihe will keine dokumentarische Sagensammlung sein und erhebt auch keinen Anspruch auf Vollständigkeit. Im Gegenteil wurde hier bewusst ausgewählt. Immer unter der Prämisse, den Sagen wieder ihren Unterhaltungswert zurückzugeben. Denn Sagen erzählte man sich in Spinnstuben, Wirtshäusern und im Kreis der Großfamilie, weil sie außergewöhnliche, meist unerklärliche

Vorkommnisse enthielten. Dabei wechselten von Erzähler zu Erzähler jeweils die Zutaten, wurde mehr oder weniger ausgeschmückt, nur der Kern der Sage – die unerhörte Begebenheit – blieb konstant und wurde weiter tradiert.

Eingang in die Sagenliteratur fand aber meist nur die auf ihren extrem abgeschliffenen Kern reduzierte Sage, die damit leider zum puren Sammelobjekt und volkskundlichen Dokumentationsmaterial geriet. Und so haben Generationen von Lesern Sagensammlungen enttäuscht zugeklappt, weil sich kein Lesegenuss einstellte – die einzelne Sage endete oft schon nach wenigen Zeilen, bevor sich Spannung, Atmosphäre und Unterhaltung einstellen konnte.

Die Autorin Nessa Altura will den alten Sagen hier wieder ihre ursprüngliche Kraft zurückgeben. Sie beschränkt sich nicht auf die Auswahl, trägt nicht nur zusammen, sondern versetzt sich in die Tradition des Sagen-Erzählens, schmückt die Geschichten um den essentiellen, unangetasteten Kern herum weiter aus, wirft hier einen erklärenden Einschub ein, macht dort Zusammenhänge sichtbar. Als Krimiautorin weiß sie, wie sie ihre Leser fesseln kann, und sicher kommt sie mit ihrem Erzählstil dem der ursprünglichen Sagen-Erzählkultur sehr nahe. Und so, wie es die alten Erzähler wohl auch getan haben, deutet sie hin und wieder mit einem Augenzwinkern ein Motiv um oder flicht eine kleine Weisheit ein.

Nessa Altura wendet sich mit diesem Buch an alle, die sich auf die Sagen einlassen wollen, weil sie in dieser Literaturform ein Stück regionaler Eigenart suchen, ebenso wie an die Leser, die hier einen Kontrast sehen zu unserer technisierten, aufgeklärten und bis in die letzten Winkel ausgeleuchteten Welt oder die sich einfach nur unterhalten lassen wollen. Auf angenehm beiläufige Weise erfährt der Leser einiges über seine Region, über alte Zeiten, Bräuche, Ängste und Rituale. Und alles passierte vor der Tür des Lesers! Er kann sich ohne Aufwand auf

Spurensuche begeben, begegnet Eppelein im mittelalterlichen Nürnberg, Tilly in Rothenburg und den Römern in Weißenburg. Und vor allem das Unheimliche, Mysteriöse hat seine Spuren im kollektiven Bewusstsein hinterlassen und ist immer an ganz konkrete Orte gebunden, und so lässt Nessa Altura auch Tod und Teufel, Werwolf und Nixe im Buch wieder lebendig werden und nennt die Orte, an denen sie sich materialisiert haben.

Wenn der Leser der Sagenroute folgt, wird er die Region vielleicht unter einem ganz neuen Aspekt erleben. Um das Buch auch zu einem praktischen Begleitbuch zu machen, wurden die Sagen topografisch geordnet.

Illustriert wurden die Sagen durch die Scherenschnittkünstlerin Angela Holzer, die alle Scherenschnitte eigens zu den entsprechenden Sagen angefertigt hat. Ihre filigranen Schnitte sind nicht reine künstlerische Phantasiegebilde, sondern spiegeln oft den Ortsbezug der Sage durch erkennbare Ortsdarstellungen wider. Dabei entspricht der Scherenschnitt als Medium in idealer Weise der Sage. Genau wie sie teilt er die Welt in Schwarz und Weiß, reduziert die Darstellung auf wesentliche Linien und verrät nicht alles, lässt vieles im Dunkeln. Genau wie die Sage zum geistigen Ausmalen der Szene reizt, fordert der Scherenschnitt den Betrachter heraus, Details hinzuzudenken. Die Phantasie des Lesers wird durch diese Illustration nicht eingeschränkt, sondern beflügelt.

*Rolf Wagner*
*Prolibris Verlag*

## Der Rauschgoldengel

Gegen Ende des Jahres 1700 ereignete sich in Nürnberg eine traurige Geschichte. Der Handwerksmeister und Puppenmacher Melchior Hauser, der schon vor einiger Zeit seine Ehefrau beerdigen musste, liebte seine Tochter Anna über alles in der Welt. Aber der Winter in diesem Jahr war sehr kalt, und die kleine Anna holte sich eine Erkältung, fieberte und wollte nicht wieder gesund werden. Der unglückliche Vater wachte Tag und Nacht an ihrem Bett, flößte ihr Milch ein, las ihr Geschichten vor und betete.

Aber alles half nichts, das Kind musste sterben. Vater Hauser war außer sich vor Kummer und Schmerz. Er schloss sich in Annas Krankenstube ein, setzte sich ans leere Bett, strich immer wieder über die kalten Kissen und weinte. Er wollte nichts und niemanden mehr sehen; er wollte ganz allein mit seiner Trauer sein. Er traf seine Freunde nicht mehr, zeigte sich nicht mehr im Wirtshaus, ging nicht mehr zu den Treffen der Zünfte. Ja, er entließ sogar seinen Gesellen und tat keinen Schritt mehr in seine Werkstatt.

„Wozu soll ich noch an Hobelbank und Schraubstock stehen?", sagte er zu sich, „es hat ja doch alles keinen Sinn mehr. Am Tage schmerzt mich das Licht der Sonne so, dass ich alle Fensterläden schließen muss. Und des Nachts habe ich Angst vor der Dunkelheit, in die meine kleine Anna hinein verschwunden ist." Und er weinte bitterlich. Seine Freunde versuchten, ihn aufzumuntern, aber er machte ihnen noch nicht einmal die Tür auf.

Wochen vergingen. Eines Nachts, als der Vater wieder grübelnd und ohne Licht am Bett seines Kindes saß, öffnete sich plötzlich die Tür und ein goldener Lichtschein fiel ins Zimmer. Herein trat eine große Gestalt mit mächtigen Flügeln auf dem

Rücken. Sie trug einen goldenen Faltenrock und darüber eine rote Schürze. Auf dem Kopf saß ein kleines Krönchen. An der Tracht erkannte Melchior Hauser, dass sie eine Nürnbergerin war, an den Flügeln, dass sie ein Engel sein musste. Und als er staunend ihr Gesicht näher betrachtete, erkannte er seine Tochter Anna.

Sie lächelte ihm zu und sagte:„Lieber Vater, du musst nun aufhören, Trauer zu tragen. Ich bin im Himmel und dort geht es mir gut. Du darfst nicht mehr um mich weinen, sondern musst wieder in deine Werkstatt gehen, musst wieder richtig essen und das Haus besorgen. Und ich sehe dir vom Himmel aus zu."

Da war der Mann getröstet, und zum ersten Mal seit langem konnte er wieder schlafen. Am nächsten Morgen schlug er die Augen auf, fand zwar das Kinderzimmer leer wie immer, aber nicht so dunkel wie sonst. Ein seltsamer goldener Schimmer lag über allem. Da frühstückte er ordentlich und sperrte dann die Tür zu seiner Werkstatt auf. Er suchte und zog ein Stück weiches Lindenholz hervor; aus dem versuchte er, einen Kopf zu schnitzen, dessen Gesichtszüge jenen seiner kleinen Anna ähnelten. Es gelang ihm vorerst nicht, aber er ließ nicht nach, suchte immer wieder nach geeigneten Lindenholzstücken und schnitzte und schnitzte. Dann endlich war er zufrieden.

Nun brauchte er Gold für die Flügel und den Rock. Er bestellte sich Flittergold – feines Messingblech, nur hauchdünn – und faltete es so fein, wie es seine Handwerkerfinger vermochten. Bei der Handhabung knisterte und rauschte das zarte Goldblech, so dass man es auch Rauschgold nannte. Aus diesem formte er einen üppigen plissierten Rock und legte eine rote Schürze darüber. Damals hatten die Puppen noch keine Arme, deshalb bekam auch sein Engel keine, aber er gab ihm große breite Flügel. In den Rücken steckte er ein Holz, und aus Leim und Papier formte er eine kleine Krone.

Er war so in seine Arbeit vertieft, dass er nicht seine Tür geklopft wurde. Draußen standen seine F nach ihm sehen wollten. Sie lugten durch die gesch Fensterläden und wunderten sich, warum es aus der We so golden schimmerte.

Endlich ließ er sie ein. „Das ist ja Anna!", riefen sie voller Er staunen. Er war stolz und freute sich darüber. „Nein", sagte er, „ich weiß ja, dass meine kleine Anna tot ist und im Himmel – sie hat es mir selbst gesagt. Aber damit ich nie vergesse, wie sie aussah, habe ich aus der Erinnerung ihr Gesicht geformt."

Die Freunde lobten den Engel sehr und freuten sich, dass Melchior Hauser seine Trauerzeit beendet hatte und wieder am Leben teilnehmen wollte. Auch wollten sie für ihre Kinder einen solch schönen Engel haben, und so begann der Handwerksmeister Hauser, noch weitere Engelsfiguren herzustellen.

Heute werden sie jedes Weihnachten auf dem Nürnberger Christkindlmarkt verkauft. Dieser Markt findet seit 1628 auf dem alten Hauptmarkt in Nürnberg statt. Ursprünglich war es ein Markt mit Kinderspielzeug, der schon vor dreihundert Jahren über zweihundert Buden hatte, in denen Nürnberger Handwerker ihre selbstgefertigten Waren anboten. Heute ist der Weihnachtsmarkt weit über Deutschland hinaus bekannt.

1948, als Nürnberg nach den Bombardierungen des Zweiten Weltkriegs in Schutt und Asche lag, beschloss man, zur Eröffnung einen Engel in die Trümmerwüste zu schicken.

So wie der Engel damals Melchior Hauser aus der Trauer herausgeführt hatte, so sollte das Christkind den Bürgerinnen und Bürgern von Nürnberg wieder Hoffnung geben. In Kleidung und Auftritt ähnelt es einem Rauschgoldengel. Es spricht am Freitag vor dem ersten Advent von der Empore der Frauenkirche herab den berühmten Prolog. Für jede Nürnbergerin ist es eine große Ehre, wenn sie für zwei Jahre zum amtierenden Christkind gewählt wird.

## und die Pest

die ein Dudelsack macht: Sie zie- n traurig und melancholisch sein, erade wie es der Bläser vermag. Nürnberg, der verstand sich vor- lasen. Er war deshalb in allen nn sobald er sich setzte, ström- damit sie neben Speis und Trank auch etwas fürs Gemüt hätten.

Der Dudelsackbläser war ein Fremder, woher, ist nicht bekannt. Er hatte blitzende blaue Augen und eine männliche Figur, und manch ein Mägdlein in der Stadt hat schon abends vor dem Einschlafen an ihn gedacht. Nun ist ein fahrender Musikant jedoch keine gute Partie, und so suchten die Väter und Mütter, ihre Töchter daheim zu halten, sobald die Dudelsackmelodie erklang. Dem Bläser war's recht; er hatte seine Kundschaft so oder so. Er lebte von dem Geld, das die Zuhörer in seinen Hut warfen, und er lebte davon nicht schlecht. Er war ein Luftikus, ein Spielmann, der in den Tag hineinblies und sich von dem ernährte, was man ihm gab – von der Hand in den Mund, aus dem Becher in den Schlund. Und die Wirte meinten's gut mit ihm, ließen ihm hier ein Glas und dort einen Humpen bringen, damit er nur weiterspielte und die Gäste am Heimgehen hinderte.

Nun sprechen wir von einer Zeit, die furchtbar war. In ganz Europa und so auch in Nürnberg ging ein Gespenst um, dessen Namen überall Grauen und Panik verbreitete: die Pest. Wen sie in den Klauen hatte, der wusste es erst nicht. Es begann mit Fieber und Mattigkeit, und dann am dritten Tag zeigte sich etwas, das einem Todesurteil gleichkam: Überall am Körper brachen schwarze Pusteln auf, eiterten und stanken und binnen weniger Stunden war der Befallene tot. Es waren so viele, die daran starben, dass man anfing, sich darüber zu wundern, dass der oder jener noch lebte. Es starben die Kinder den Eltern, die Schwester dem Bruder, der Mann seinem Eheweib und andersherum, dem Meister die Lehrlinge, dem Abt die Mönche, den Kebsen die Kunden, den Pfaffen die Ministranten, dem König die Reiter. Es war ein Grauen in den Gassen, das den Menschen die Sinne verwirrte, denn keiner wusste, woher es kam, wie man ihm entrinnen konnte und wen es als Nächsten suchte.

Und wie so oft in wirren, ungeordneten Zeiten gab es auch welche, die sich diesen Umstand zunutze machen wollten: Da tranken die Zecher mehr als je zuvor und ließen es anschreiben, in der Hoffnung, dass der Wirt in der nächsten Woche unter den Toten wäre. Die Jünglinge versprachen den Mädchen das Blaue vom Himmel herunter, damit sie ihnen zu Gefallen waren – es wäre doch schade, wenn diese oder jene Hübsche als Jungfrau stürbe, so schmeichelten sie, und manche hatten Erfolg damit. Und es gab Eheweiber, die sich ganz ungeniert mit einem in die Wirtschaft begaben, der nicht ihr Angetrauter war, und nach Wein riefen und derbe Witze machten, als gäbe es keinen Ruf mehr zu verlieren. Man kann unschwer erkennen, dass dies lustige Zeiten für unseren Spielmann waren – er wurde all überall gebraucht und strich jeden Abend ein hübsches Sümmchen ein.

Eines Nachts aber hatte er alles vertrunken und war nicht länger in der Lage, seinem Dudelsack auch nur einen einzigen Ton zu entlocken. Da wusste er selber, dass es nun genug war, nahm sein Bündel, warf den Frauen noch ein paar Kusshände zu und verließ die Stube auf der Suche nach einem Nachtlager – ein Hauseingang, ein Heubündel, ein trockenes Plätzchen unter einem Dachvorsprung, alles wäre ihm recht gewesen, so müde war er auf einmal.

Nun war es aber in jenen grässlichen Zeiten so, dass die Bürger und Bürgerinnen ihrer Pesttoten nicht mehr Herr wurden. Es starben in jeder Nacht mehr, als man ordnungsgemäß hätte begraben können. Es gab nicht genug Leichentücher, nicht genug Leichenwäscherinnen, nicht genug Sargzimmerer, nicht genug Totengräber, um alle zu bestatten. Und weil man sich nicht anders zu helfen wusste, war man dazu übergegangen, die Toten einfach auf die Straße hinauszulegen; wer tot war, dem konnte es gleich sein, und wer noch lebte, der hatte genug damit zu tun, die Kranken zu pflegen, zu säubern und zu betten. So lagen denn überall Leichen auf den Gassen, über die man hinwegsteigen musste.

Die Stadtväter hatten wackere Männer gegen gutes Geld als Leichenkutscher verpflichtet, die nach und nach alle Gassen abfuhren und mit Tüchern vor Mund und Nase die Toten aufnahmen und hinten auf den Karren warfen, um damit zum Gottesacker zu ziehen. Und so geschah es, dass unser Dudelsackpfeifer, der da den ohnmachtähnlichen Schlaf des Bezechten schlief, unter den Achseln und an den Füßen gepackt wurde, und – schwupp – auf dem Leichenkarren landete. So tief war sein Schlaf, dass er nichts davon merkte, sondern sich auf die Seite drehte – er kam auf einer weichen Bäckersfrau zu liegen – und weiterschnorchelte. Holpernd ging es zur nächsten Straße und so fort, und – schwupp, schwupp – wurden wieder Körper auf den Wagen geworfen. Einer hatte noch den blechernen Trinkbecher bei sich und der traf den Dudelsackpfeifer an der Stirn, und da wachte er auf, schnupperte und verzog das Gesicht. Der Duft von Toten ist nämlich mit Parfüm nicht zu verwechseln.

„Halt ein!", schrie er entsetzt, als er begriff, was geschehen war. Aber es lagen schon so viele Körper neben und über ihm, dass sein Schreien dumpf war und dass vorne der Kutscher, der so eilig fuhr, wie er nur konnte, kein Wörtchen hörte. Der

Dudelsackpfeifer war auf einmal hellwach – er erkannte die Gefahr, in welcher er schwebte und wusste, dass er handeln musste, wenn er lebend da herauskommen wollte. Er boxte und trat um sich gegen die Mitfahrer, die sich nicht wehren konnten, und schaffte es schließlich, sein Mundstück zwischen die Lippen zu schieben. Er blies und blies, dass es ihm die Lungen zu sprengen drohte, und – potz Blitz! – schaurige Töne entlockte er dem Instrument. Diese hörten die wenigen Leute, die sich am Straßenrand zu schaffen machten und bekreuzigten sich. „S' ist die Pest!", murmelten sie einander zu, „die freut sich und feiert, weil sie wieder einen Wagen voll von den Unseren hat!"

Auch der Kutscher vernahm schließlich den dünnen Faden der Melodie, es zog ihm die abgebrühte Haut zusammen und er fühlte es eiskalt an den Seiten hinabstreichen. „Seit wann singen die Toten?", fragte er sich und dachte dabei, dass es der Teufel sein musste, der sich hier einen Schabernack machte, und so drosch er auf die Pferdchen ein, dass sie schneller liefen, damit er seine unnatürliche Ladung los würde. In rasender Fahrt kam er draußen vor den Toren der Stadt an, wo man eine riesige Grube ausgehoben hatte. Dahinein kippte er die ganze stinkende Ladung Knochen und Fleisch und dachte daran, dass er, wenn er nur könnte, seine Arbeit für die Stadtväter aufgäbe, lieber heute als morgen.

Da stand auf einmal einer von den Toten auf; es war unser Dudelsackpfeifer, der jetzt seine Chance ergriff.

„Neiiiiiin", schrie der Kutscher wie ein Blöder, ließ das Mundtuch fallen, Pferd und Wagen stehen und floh.

Der Dudelsackpfeifer schüttelte den Kopf über so viel Kleinmütigkeit, klopfte seinem Sack den Wanst und machte sich auf den Weg zurück in die Stadt. Er sah sich kein einziges Mal nach seinen ehemaligen Gefährten da im Massengrab um; war er doch nicht dumm und wusste genau, dass nun auch sein letztes Stündlein nicht mehr fern sein konnte. Dass die Pest ansteckend war, wusste man damals schon, und wer so lange wie er unter den Toten gelegen hatte, dem blieb nicht mehr viel Zeit. Der Musikus schwor sich, seine letzten Stunden so zu verbringen, wie er gelebt hatte: von der Hand in den Mund, von dem Becher in den Schlund. Er blies seinen Dudelsack, dass es eine Lust war und viele sagten später, sie hätten nie einen besseren Dudelsackbläser gehört als jenen. Er erfand Melodien, fröhlich und traurig und wunderbar für's Gemüt. Er aß und trank und blies und trank und wartete auf den schwarzen Tod. Aber der kam nicht. Der ließ ihn aus, keiner begriff's, dem er seine Geschichte erzählte. Und man warf ihm staunend Münzen in die Kappe. Am Ende war er einer der ganz Wenigen, die in Nürnberg noch Musik machen konnten, als die Pest schließlich erlosch.

Weil ihm die ganze Stadt darum dankbar war, ließ man später einen kleinen Dudelsackpfeifer aus Erz gießen. Wer's nicht glaubt, der soll selber hingehen und ihn ansehen: Er steht vor der Heilig-Geist-Kirche, am Eingang zum Heugässlein und drückt Luft in seinen Sack, dass es eine Freude ist.

## Sebaldus' Tod

Vor vielen, vielen hundert Jahren lebte in den Wäldern westlich von Nürnberg bei Poppenreuth ein Einsiedler. Er redete nicht viel von seiner Herkunft, und so sagten manche, er stamme aus einem vornehmen französischen Geschlecht. Andere wieder behaupteten, er sei ein dänischer Königssohn. Ebenso viel Widersprüchliches wie über seine Geburt gibt es auch über die Zeit zu berichten, in der er gelebt haben soll. Genaues weiß man nicht, sicher ist aber, dass dieser Einsiedler Wunder vollbringen konnte, wenn ihm danach zumute war.

Am meisten hat es die Leute beeindruckt, wie er damals an die Donau gekommen war, den reißenden Strom gesehen hatte und hinüber ans andere Ufer wollte. Nun war aber weit und breit kein Fährmann zu sehen, und der heilige Mann hatte es eilig. Weil ihm keiner helfen wollte, hob er seinen Mantel von den Schultern und breitete ihn aufs Wasser. Er wölbte die Seiten, den Saum und den Kragen nach oben und formte sich so ein sicheres Schifflein. Darin setzte er über, und alle staunten und wären gern selber im Besitz solcher Wunderkräfte gewesen. Auch hatte er ein Herz für die Armen. Einmal, als es in Nürnberg einen furchtbaren Winter mit viel Schnee und Eis gab, kam er an das Haus eines armen Radmachers, der kein Geld für Brennholz mehr hatte und in seiner Hütte grässlich fror. Der Heilige Sebald griff zum Dach, brach ein paar von den langen Eiszapfen ab, trat mit diesem Geschenk in die Stube, warf die Zapfen in den Ofen, blies dagegen und schon flammte ein Feuerlein, als ob das Eis Reisig wäre. Der Radmacher sah es mit Staunen. Und die Nürnberger sagen heute noch:

„Das Holz ist selten heuer  
Der Winter stürmt so kalt  
O, gib vom Eis uns Feuer  
Du heiliger Sebald!"

Aber so viel die heiligen Männer hier und da auch Wunder tun können – einmal sterben müssen sie doch. So lag schließlich auch der große Sebald stumm und bleich aufgebahrt in seinem Sarg. Damit er des Nachts nicht alleine wäre, hatte man ihm einen Wächter zur Seite gestellt. Ein kleiner Mönch saß nun, angetan in schwarze Trauergewänder, beim trüben Licht dreier Kerzen am Fußende der Holztruhe. Es war öd und still um ihn, und ihm wurde bange zumut, wie er da so allein mit dem Toten wachte.

Auf einmal übermannte ihn ein Ärger – die Nacht war noch lang – es war kalt und würde ewig dauern, bis die Ablösung kam. Er sah sich den Leichnam des Heiligen an, der da so bewegungslos auf seinem Kissen lag und dessen Nase spitz aus dem Gesicht herausstand, und er dachte an all die Wunder, die dieser Heilige zu Lebzeiten vollbracht haben sollte. Knöchelgelb ruhten nun die Hände auf seiner Brust.

Und jetzt, so dachte der Mönch, was tust du jetzt? Was nützt dir all deine Frömmigkeit? Bist so mausetot wie alle andern auch! Ach, wahrscheinlich kannst du überhaupt keine Wunder vollbringen! Du hast uns alle getäuscht ... bist nie in deinem Mantel über die Donau gefahren, zwischen Augsburg und Ulm, hast es nie vermocht, aus Eiszapfen Feuer zu schlagen, hast nur getrickst und geschummelt, und die Dummen, die es ja überall gibt, haben dir geglaubt. Wahrscheinlich bist du nur geschickt mit den Händen und schnell mit dem Mundwerk! Die Einfältigen kannst du täuschen, so wie es die Jahrmarktgaukler tun. Aber ich, ich glaube dir nicht – keinen Augenblick glaube ich, dass du Wunder tun kannst, denn das kann nur unser Herr Jesus Christus und sonst keiner. Und wenn du es doch kannst – so steh auf der Stelle von deinem Totenbett auf und zeig's mir!

Und er sah dem Toten frech auf die papierdünnen Lider, die die Augäpfel bedeckten. Auf einmal flackerten die Kerzen, die bis dahin ruhig gebrannt hatten, ein eisiger Luftzug zog durch

den Raum und erfüllte ihn auf der Stelle mit einem süßlichen Modergeruch. Plötzlich richtete sich der Tote in seiner offenen Truhe auf, ganz langsam, aber unaufhaltsam, und schob die Lider über den gebrochenen Augen zurück. Der Heilige Sebald schleuderte lodernde Blicke nach dem Zweifler und dumpf rollten aus seinem Munde die Worte: „Weh dir, Verruchter!"

Im selben Augenblick erloschen die Kerzen im Raum, und der Wächter polterte mit einem Schmerzenslaut zu Boden. Sofort eilten die übrigen Brüder, die in ihren Zellen geschlafen hatten, mit fliegenden Kutten in das Totenzimmer. Der Heilige Sebald lag starr in seinem Sarg, als ob nichts geschehen wäre, aber der törichte Bruder rollte stöhnend auf dem Steinboden hin und her. Sie hoben ihn auf und sahen, dass er aus beiden Augen blutete. Ein anderer übernahm seine Wache, er wurde zu Bett gebracht und seine Wunden mit Kräutern und Balsam nach der Heilkunst der Mönche bedeckt.

Aber es half nichts. Zu der Stunde, zu der die Begräbnisfeierlichkeiten des Heiligen Sebaldus geendet hatten, war der Zweifler blind geworden. Wie warf sich nun der arme Mönch zu Boden, weinte bitterlich und flehte um sein Augenlicht! Tag und Nacht saß er in seiner Zelle und bereute mit aller Kraft, dass er Zweifel an dem Heiligen und seiner Kunst gehabt hatte. Vor Trauer und Gram wurde er immer schmächtiger und schlief kaum noch.

Eines Nachts zu später Stunde aber fühlte er plötzlich, wie eine warme Hand über seine Lider strich, und ein wonniges Gefühl erfüllte ihn. Er schlug die Augen auf und sah wieder das goldene Licht der Sonne, die eben aufging. Der Heilige Sebaldus muss ihm am Ende doch vergeben haben.

Und fortan priesen die Mönche – und einer davon am lautesten – den Heiligen Sebald und nicht nur seine Wunder, sondern auch seine Milde.

## Der Fluch des Geizes

In Schweinau, welches heute ein Vorort von Nürnberg ist, stand einmal ein Gasthaus, das ein Metzgermeister mit seiner Frau betrieb. Es mangelte nicht an Kundschaft, aber die beiden hatten das Gefühl, dass sie noch mehr verdienen könnten, und so nahm die Frau einen Milchhandel dazu. Sie hatten nur einen gemeinsamen Sohn, jedoch noch zwei Mündel vom Bruder der Frau.

Sie war dick und blond, dabei aber wendig und schnell – wenn sie irgendwo ihren Vorteil erspähte, so war sie zur Stelle und nahm, was sie kriegen konnte. Dem Mann gefiel's nicht immer; er war genügsam von Gemüt und im Herzen gut und bescheiden.

„Ach, Weib", sagte er manchmal zu ihr, „was musst du so schaffen und tun und machen – setz dich her zu mir und erzähl mir was! Draußen ist hell die Juninacht und bald wird's Glühwürmchen geben, und heut auf d' Nacht haben wir keine Kunden, da könnten wir beide doch ein bisschen im Garten spazieren und uns den Mond besehen und die Sterne!"

Aber nein, da war nichts zu machen. Die Frau beugte sich über die Kontobücher und rechnete beim Kerzenlicht, bis ihr die Stirn kraus wurde, und immer war es noch nicht genug und immer war sie noch nicht zufrieden. Dazu tauchte sie Walnüsse in Honig und knabberte daran. „Zum Milchhandel dazu", sagte sie, „könnten wir doch noch Hühner anschaffen und Eier verkaufen oder Gänse für Weihnachten und diese dann rupfen und Bettfedern zum Winter ...?" Aber der brave Mann schüttelte nur den Kopf und tippte sich verstohlen an die Stirn, und die Frau ärgerte sich und schalt ihn im Stillen einen Einfaltspinsel. Das spürte er, und so stand er seufzend auf, holte das Kontobuch herbei und rechnete ihr Schritt für

Schritt vor, dass sie wirklich mehr als genug zum Leben hätten und sogar noch etwas für den Sparstrumpf.

„Mehr haben möchte ich", sagte die Frau heftig und biss in ein fettes Stück Räucheraal, das sie nicht schlanker machen würde. „Mehr, mehr, mehr!"

„Und wozu?", fragte ihr Ehegespons, und sie wusste ihm keine Antwort darauf. Es war die Gier, die sie in den Klauen hielt, die Gier, die weder Maß noch Ziel kennt.

Es war, als hätte er geahnt, was den beiden beschieden war: Trotz allen Schaltens und Waltens oder vielleicht gerade deshalb – weil sie des Guten zuviel tat – legte sie sich eines Morgens gleich nach dem Aufstehen wieder zu Bett, stöhnte, dass es ihr übel sei, griff sich ans Herz, verdrehte die Augen, bis man das Weiße darin sah und war im Begriff zu sterben. Ihr Mann, der sie trotz aller Meinungsverschiedenheit liebte und ihr treu war, stand bei ihr und hielt ihr die Hand. Zwar hatte er die Magd nach dem Doktor geschickt, der des öfteren im Gasthaus sein Schöppchen trank, aber er spürte, dass die Zeit knapp werden würde.

„Still, still!", sagte er zu seinem über die Maßen dicken Weibe, „sprich nicht, erreg dich nicht, vielleicht geht es vorüber, und du kannst dem, der da mit der Sichel steht, noch einmal davonkommen!"

Aber die allzeit geschäftige Frau wollte nicht hören, fragte stattdessen, ob der Bub auch gemolken habe, ob der Schlachtergesell denn nicht unnütz herumlungere, ob das Kontobuch sauber in der Schublade läge und der Topf in der Wirtshausküche schon auf dem Feuer stehe. „Schick mir den Bub herein", sagte sie dann. Und als er in der Tür stand: „Bub, in die Milch, die der Bäcker bekommt, muss jedes Mal ein Glas Wasser hinein!"

Das hörte der Wirt, und es tat ihm in der Seele weh, dass sein Weib noch auf dem Totenbett nur ans Geld dachte, anstatt sich von den Sünden zu reinigen. Er hatte nicht gewusst, dass sie immer beim Milchhandel betrog und nahm es schwer. Der brave Bub nickte, die Mutter seufzte noch einmal laut und war tot.

Nur wenige Wochen nach ihrer Beerdigung hörte man im Haus seltsame Geräusche. Es polterte im oberen Stock, Türen schlugen zu, Stühle fielen um, die Treppenstufen knarzten. Dem Wirt war's unheimlich, dem Bub auch und der Magd sowieso. Aber sie schwiegen alle, wollten sie doch nicht, dass es bis in die Gaststube dränge, dass im Haus wer umginge. Jeder wusste, dass Fremde sich auf solche Geschichten erst stürzen, sich dann gruseln und am Ende ausbleiben. Dann würde die Gaststube bald leer stehen und mit der Wohlhabenheit wär's vorbei.

Und dann kam die Nacht, in der die Wirtin leibhaftig der Magd erschien und zwei Wochen später dem Sohn. Er berichtete es dem Vater; der war bedrückt, wusste er doch nun, dass seine Frau keine Ruhe finden konnte, weil sie im Leben betrogen und kurz vor dem Tod zwar gebeichtet, aber nicht bereut hatte.

Er setzte sich in den Lehnstuhl und wartete. Er wollte mit ihr sprechen, und sie – so sie ihm zuhören würde – auf den rechten Weg bringen. Aber sie kam nicht. Er wartete und wartete; er war ein guter, geduldiger Mann.

Einmal war er im Lehnstuhl eingeschlafen, als er um Mitternacht von einem ziehenden Jammern und Wimmern geweckt wurde. Eine Tür klappte, im Flur roch es nach Moder, und wie von selbst drückte sich die Klinke herunter. Der Wirt sah es mit schreckgeweiteten Augen und tatsächlich – die Tür ging einen Spalt auf, knochige Finger krallten sich ums Holz und tasteten sich weiter. Schließlich stand seine Frau im Totenhemd vor ihm und hielt sich ein Taschentuch vor die Augen.

Nachdem er sich gefasst hatte, sagte er: „Weib, was weinst du? Kannst du nicht schlafen?" „Nimmermehr", antwortete

sie unter Schluchzen, „weißt du denn nicht, dass an der Fleischwaage ein Haken hängt, der viel zu schwer ist, als dass gerecht gewogen werden könnte?" Der Wirt lief sofort in den Verkaufsraum und prüfte die Sache. Es war wirklich so: Seine Frau hatte nicht nur den Bäcker, sondern auch ihn selbst und seine Kundschaft betrogen. Er brachte die Waage wieder in Ordnung und schämte sich.

Bald darauf erschien ihm sein Weib ein zweites Mal und weinte wieder. „Weib, was weinst du? Kannst du nicht schlafen?" „Nimmermehr", antwortete sie und rang die knochigen Hände, „weißt du denn nicht, dass all das Geld, das ich für den Bub in die Truhe gelegt habe, den Mündeln gehört?" Sprach's und verschwand.

Der Wirt suchte die Truhe, öffnete den Deckel, zählte das Geld und schrieb es in seinem Kontobuch den Kindern seines Schwagers gut, deren Vormundschaft er übernommen hatte, als ihre Eltern vorzeitig ums Leben gekommen waren.

Aber noch immer spukte es im Haus. Ein drittes und letztes Mal begegnete sich das Ehepaar in der Stube.

„Kannst du noch immer nicht ruhen?", fragte der Mann besorgt, „ich habe das Geld beiseite gelegt, wie's richtig wäre, und den Haken von der Waage genommen. Was nun?" „Ach", jammerte sie, und dicke Tränen rollten ihr aus den leeren Augenhöhlen, „das kannst du wohl gutmachen, guter Mann, aber dass ich beim Milchausschank immer den Daumen ins Maßblech gehalten habe, das kann keiner mehr ändern."

Sprach's und ging schleppend davon.

Und so war's. Geiz und Habgier sind furchtbare Krankheiten. Sie zerstören so manches Leben und verführen zu Taten, die man oft zu spät bereut. Nämlich dann, wenn's nicht mehr gutzumachen ist. Das darf man nie vergessen, sonst geht's einem gar wie der geizigen Wirtin, deren Jammern und Wehklagen man noch heut in Schweinau hören kann, wenn der Wind danach ist.

## Reichtum und Verderben des Nusskaspars

Nördlich von Nürnberg liegt fruchtbares Land, das man das Knoblauchsland nennt, weil dort neben anderen Gemüsen und Salaten auch Knoblauch angebaut wird. Die Bauern aus dem Knoblauchsland fahren von Alters her in die große Stadt Nürnberg, um dort ihre Erzeugnisse auf dem Hauptmarkt feilzubieten.

Unter diesen war auch einer, den man den Nusskaspar nannte; ein Bauer, der die schönsten Nussbäume weit und breit hatte. Aber außer den schönen Nüssen gelang ihm nichts – mal traute er den Falschen und wurde betrogen, mal zerstörten Wind und Wetter seine Ernte, mal stahl man ihm die Nüsse vom Baum, mal nahm er einen Kredit auf und konnte dann die Zinsen nicht zahlen, mal stellte er einen Tagedieb an, der ihn nur kostete und der nichts arbeitete.

Der Kaspar hatte eine Frau, die all dies mit Missfallen beobachtete: Sie konnte nicht glauben, dass man, wenn man doch so schöne Nussbäume wie sonst kein anderer besaß, so viel Pech haben konnte. Sie schimpfte und zeterte in einem fort, und so wird es niemanden wundern, dass man den Nusskaspar immer häufiger im Wirtshaus sah, wo er seinen Kummer in Bier zu ertränken pflegte. Oft, wenn er auf dem Markt in der Stadt gewesen war und gut verkauft hatte, kehrte er ein und brachte am Ende nichts als einen schweren Kopf und einen leichten Beutel mit nach Hause. Das hinwiederum versetzte seine Frau so in Wut, dass der Kaspar am nächsten Morgen zittrig und schwach war und überhaupt nichts zu Wege brachte. So wurde er immer lässiger mit seinen Pflichten und fing an, mehr zu fluchen als zu beten. Durch diesen Lebenswandel brachte er sich am Ende selbst um sein Vermögen.

Eines Nachts – es war die Silvesternacht – hatte sich der Nusskaspar einen tüchtigen Rausch angetrunken und war hinaus auf die Straße getaumelt, schließlich müde geworden, hatte sich auf einem Stein am Ölberg unterhalb der Nürnberger Burg niedergelassen um auszuruhen und war schließlich eingenickt. Schneeflocken trieben ihm ins Haar, und er träumte schlecht.

Als die Turmuhr vom Sebaldus Mitternacht schlug, schreckte er aus dem Schlummer auf und murmelte zwischen Schlafen und Wachen: „Will Gott mich nicht retten, so muss mir der Teufel helfen!"

Die Uhr hatte noch nicht ausgeschlagen, als plötzlich ein Jägersmann im grünen Wams und mit Stiefeln daherkam.

„Was fehlt dir, guter Mann?", fragte der Fremde. „Alles!", erwiderte der Nusskaspar schläfrig. „So will ich dir helfen", gab der Grüne scharf zurück, „aber du musst mich darum bitten, denn ohne dies geht es nicht."

Eilends ließ sich der Nusskaspar auf die Knie nieder, denn er ahnte wohl, wer ihm da begegnet war. Der Jäger sah auf seinen demütigen Scheitel hinunter; des Nusskaspars Haupthaar war vom vielen Saufen schon ganz dünn geworden. „Versprich mir", sagte er mit ernster Stimme, „dass du niemals und unter keinen Umständen mit irgend jemandem darüber sprichst, auch mit deiner eigenen Frau nicht, und es soll dein Schaden nicht sein. Goldene Nüsse wirst du an deinen Bäumen finden, wenn du mir deine Seele gibst. Wenn du es aber weitererzählst, ist alles für dich verloren – und nicht nur das, du wirst auch noch andere mit ins Verderben reißen." Der Wind heulte bei diesem Satz, und ehe sich's der Kaspar versah, war der Jägersmann durchs Vestner Tor verschwunden.

Der Nusskaspar war auf einmal ganz nüchtern, niemand mehr war zu sehen, der Schnee fiel sacht auf das Granitpflaster, und eine große Angst war in ihm. Mit zitternden Knien

machte er sich auf den Heimweg. Seine Frau riss sich die Nachtmütze vom Kopf und keifte wie ein Fischweib, als sie ihn grau, alt und kalt ins Schlafgemach schleichen sah.

„Schimpf du nur", murmelte der Nusskaspar, „wenn du erst eine reiche Frau bist, wirst du ganz anders singen ...!"

Dann wartete er mit klopfendem Herzen, bis seine Alte wieder eingeschlafen war. Als er ihre gleichmäßigen Schnarchtöne hörte, schlich er sich in den Garten zu seinen Nussbäumen hinaus, an denen noch so manche Frucht hing, weil er zur Erntezeit oft Kopfschmerzen und Unlust gehabt hatte. Er pflückte die Nüsse vom Baum und steckte sie sich in die Taschen. Dann dachte er nach. Schließlich trottete er zum Haus zurück, des Glaubens, dass er alles nur geträumt habe. Einesteils war er froh, dass er nun seine Seele wieder bei sich hatte, andernteils aber war er traurig, weil es doch gar zu schön gewesen wäre, wenn er vermögend geworden wäre. Wie vielen, die ihre Zeit im Wirtshaus verbringen, gefiel ihm dieser Gedanke besonders gut: reich werden, ohne einen Finger krumm zu machen. Im Haus stülpte er die Taschen von innen nach außen; und was kullerte heraus? Güldene Nüsse, nicht hohl, sondern massiv. Echtes Gold! Der Nusskaspar wusste sich vor Freude kaum zu lassen.

Am nächsten Morgen zeigte er seinem Weibe, was er da in der Schublade hatte und fürwahr, er hatte es sich richtig ausgemalt, von diesem Tage an ging sie ihm zärtlich um den Bart, wärmte ihn im Bett und sprach kein böses Wort mehr. Vorsichtig machten die beiden Nuss für Nuss zu Geld, nicht ohne allerlei spaßige und irreführende Geschichten zu erfinden, tilgten ihre Schulden, richteten ihr Haus, erweiterten ihre Grundstücke und kleideten sich festlich. Alles war zum Besten bis zu jenem Abend, an dem der Kaspar, voll des süßen Weines, seiner neugierigen Frau die Wahrheit verriet – schwups – da waren alle Nüsse am Baum und auch die in der Schublade faul und wurmstichig.

Der Kaspar grämte sich so über seine eigene Dummheit, dass er nicht länger leben wollte, kurz, er nahm sich einen Strick und knüpfte sich auf. Und sein Weib zog fort, weil sie den Spott der Nachbarn nicht länger ertrug. Die Sache wurde im Knoblauchsland noch lang besprochen, aber dann doch beinahe vergessen.

Einzig am Silvesterabend hätte der, der offene Augen und offene Ohren gehabt hätte, gesehen, was des Teufels wahres Werk war: Der nämlich hielt Wort. Da am Ölberg, einmal im Jahr, steht ein armes altes Männlein frierend in der Nacht, hat eine Kiepe voller Nüsse dabei, hält in seinen gichtigen Fingern ein paar davon und brabbelt: „Kauft Nüsse, Leute, kauft Nüsse!"

Viele, viele Jahre später saßen einmal wackere Nürnberger Bürger beim Weizenbier unweit eben dieser Stelle beisammen. Man erzählte sich zu später Stunde die Geschichte vom Nusskaspar. „Unsinn!", sagte ein Zinngießer, der für seinen kühlen Verstand berühmt war, „Das ist heidnisches Gerede, einen Teufel gibt es nicht."

Aber da hatte er nicht mit den anderen gerechnet. Ein Stimmengewirr erhob sich und es wurden Argumente vorgebracht, die so schlecht nicht waren. „Selbst unser guter Herr Martin Luther", wandte der Zirkelschmied ein, „hat den Teufel mit eigenen Augen gesehen – hätte er sonst ein Tintenfass nach ihm werfen können?" Und alle nickten.

Das war ein gutes Argument und dem Silbergießer ärgerlich. „Topp!", sagte er, „da heut Silvester ist, werd ich's euch beweisen. Ich geh hinaus zum Ölberg, und wenn ich den alten Mann treffe, dann werde ich mit ihm reden. Wer geht mit?" Aber seine Zechkumpane zogen alle den Kopf wie Schnecken ein, denen man auf die Fühler klopft, und der wackere Zinngießer musste allein hinaus in die Winterluft. Er pflanzte sich seine Pelzmütze auf den Kopf und zog den schweren Mantel fester über der Brust zusammen. Ein wenig mulmig war ihm da draußen im Schneetreiben schon zumute. Man wusste nie, was für Gesindel in Nächten wie diesen unterwegs war, und am liebsten wäre er umgekehrt und wieder in die warme Wirtsstube zurückgekehrt. Aber der Gedanke an die schenkelklopfenden Freunde, die sich diese Gelegenheit zu derben Scherzen nicht würden entgehen lassen, ließ ihn weiterlaufen.

Und da – war da nicht tatsächlich die Silhouette eines alten Mannes mit einer Weidenkiepe? Zögernd näherte sich der Zinngießer. Er wusste wohl, dass er in der Stimmung war, sich allerlei einzubilden, aber andererseits ... er wollte doch wissen, was jener in seinem Weidenkorb hatte. Nüsse! Der Zinngießer griff hinein, obwohl ihm dabei ein eisiger Hauch den Rücken hinunterlief. Es überkam ihn so viel Furcht, dass er sich das Männlein nicht näher ansah, sondern die Nüsse in die Manteltasche gleiten ließ, sich eilends umdrehte und zum warmen Wirtshaus zurücklief. Neugierig sahen die Freunde ihn an, als er eintrat.

„Da!", rief er blass, und ließ die Nüsse auf den Holzstisch rollen. Sie funkelten wie Gold im Licht. „Das ist echtes Gold!", schrie der Zirkelschmied und alle beugten sich darüber.

Und so war es.

Das Böse ruht nicht und verführt einen nach dem anderen, sofern es die Gelegenheit bekommt. Der Zinngießer verkaufte die goldenen Nüsse gut und wurde reicher, als es sein Vater je gewesen war. Aber glücklicher wurde er nicht – nachts konnte er nicht schlafen, weil er nun wusste, dass sein gerühmter Verstand kürzer gewesen war als seine Gier. Der Leibhaftige hatte ihn – ganz genau so, wie er es mit dem Nusskaspar gemacht hatte – in der Hand. Da konnte es kein Entrinnen geben, so sehr man es auch drehte und wendete. So beschloss er denn, das Beste aus seiner Situation zu machen und sein Nuss-Kapitälchen zu vergrößern, so gut er es vermochte.

Aber das andauernde Nachdenken über das Geld und wie es zu mehren sei, zermürbte ihn, da er doch den Verstand für viel Größeres gehabt hätte. Es fehlte ihm das nötige Quäntchen Glück bei all seinen Unternehmungen, und so hatte er am Ende weniger als vor jener schicksalhaften Silvesternacht. Da erinnerte er sich an des Nusskaspars Ende und schied auf die gleiche jämmerliche Weise aus dem Leben.

Und die beiden verlorenen Seelen warf der Teufel auf den großen Haufen zu den anderen, die er schon gewonnen hatte, schaffte noch Platz für die, die er noch gewinnen würde, und rieb sich vor Freude die Hände.

## Der verhängnisvolle Schuss

Prahlhänse und Angeber gibt es viele auf der Welt. Manch einem wird das große Maul am Ende zum Verhängnis, und deshalb soll jetzt zur Warnung von so einem Fall die Rede sein.

Beim Neutor in Nürnberg neben der Kirche „Zum heiligen Kreuz" steht ein Wirtshaus, das die Nürnberger liebevoll „das Kreuzle" nennen. Das hat schon viele hundert Jahre Zecher gesehen und nimmt noch immer welche auf.

Im Schwedenkrieg brauchte man Soldaten; überall waren die Werber zugange und überredeten so manches Bürschlein zum Kriegshandwerk. Einige waren klein und schmal und viel zu jung – aber wenn die Zeiten es verlangen, muss man eben nehmen, was kommt. Andere wiederum waren gerade richtig, kräftig und anspruchslos, einfach im Verstand und doch mutig und besonnen im Kampf. Und wieder andere, Schlagetots und Haudraufs, die waren vor der Schlacht mächtig laut und nach der Schlacht auch, aber während derselben entweder überall oder nirgends zu finden. Auch gab es welche, die ertrugen das Kriegen nur, wenn sie wie die Pferde ordentlich zu saufen bekamen; auch diese nahm man.

Ein solcher Werbertrupp hatte im Kreuzle Station gemacht und war den ganzen Tag über recht erfolgreich gewesen, so dass an jenem Abend mehr als fünfzig Söldner, alte und neue, auf den Holzbänken saßen und dem Bier zusprachen. Sie sollten später zu den neu errichteten Schanzen geführt werden, die man um die Stadt gelegt hatte, um es den gefürchteten Schweden recht schwer zu machen.

„Ich hab schon Zehne um einen Kopf kürzer gemacht", rief einer, der der Sprache nach aus dem Schwäbischen stammen musste, in die Runde. „Wer's glaubt", murmelte ein Schmächtiger aus Fürth, der einen schiefen Mund hatte und ihn in Nürnberg lieber nicht auftat. „Ich kenne die Schweden", prahlte ein dritter mit einem stattlichen Wanst. „Ich war über den Rhein bei den Franzosen", seufzte ein weiterer und kratzte sich am schorfigen Kopf, so dass es jeden grauste, wusste man doch, dass bei den Franzmännern Wanzen und Flöhe nicht zu knapp waren. Kurz, es gab einen mächtigen Lärm in der Wirtsstube, die Würfelbecher knallten, Flüche schwirrten, Gläser klirrten, und hie und da krachte eine Faust auf den Holztisch.

Der Wirt aber passte auf, dass keine Händel entstanden, denn wenn Soldaten viel getrunken und wenig gegessen haben, werden sie rauflustig, und manch einer bringt es gar nicht bis hin zum Geschäft, für das er verpflichtet worden ist, sondern muss nach solch einer Nacht erst wieder auf die Beine gebracht werden.

Wie so oft gab es mehr Redner als Zuhörer – in der Stube war ein Höllenlärm und ein Trupp Schweden hätte leichte Beute machen können, wenn denn welche in der Nähe gewesen wären. Über allen Stimmen aber war eine, die konnte keiner überhören, so tief und voll und laut war sie. Die gehörte einem großen starken Kerl, der schwarze Augen hatte, ein braunes pockennarbiges Gesicht, pechschwarze Haare und Hände wie Bärenpranken. Ihm schwoll die Stirnader, als er rief: „Ich nehm's mit jedem auf! Ob Russ, Sachs, Bayer, Schwed oder Franzos in der Stadt – ich mach sie alle platt!" Und das junge, dumme Volk johlte und schlug sich auf die Schenkel.

Um neun dann wankten die Soldaten in Richtung Schanze. Dazu musste man über den Johannisfriedhof. Zartere Gemüter als unser baumlanger schwarzer Kerl wollten in einem großen Bogen außen herumlaufen, aber der Prahlhans verspottete sie, äffte sie nach und nannte sie Feiglinge. „Vor einem Friedhof braucht man doch keine Angst zu haben", grölte er, „... weiß keiner, warum sie immer eine Mauer darum herum

bauen. Die, die draußen sind, wollen doch sowieso nicht hinein, und die, die drinnen sind, können doch nicht heraus!" Das war scharf beobachtet, und so hatte er bald die Lacher auf seiner Seite. Man beschloss also, mitten über den nächtlichen Friedhof zu marschieren und sich von den Toten nicht aufhalten zu lassen.

„Ich fürcht mich nicht vor Tod noch Teufel! Und vor dem Herrgott auch nicht!", prahlte der Schwarze. Da wurden die anderen still und ihnen lief eine Gänsehaut den Rücken hinunter. Solches sagte man nicht, ob trunken oder nüchtern. Einer trat nah an ihn heran und sagte ruhig: „Sei still, du weißt nicht, was du sagst!" Aber der Schwarze hatte noch nicht genug und brüllte, dass die Nürnberger die Läden vorlegen mussten, wenn sie weiterschlafen wollten: „Seht ihr dort den gekreuzigten Christus? So wahr ich im Kreuzle gut gegessen und getrunken hab – dem schieß ich jetzt eine Kugel vor die Stirn. Den treff ich, ich versprech's euch, und erlös ihn von seinem Leiden." Da erschraken die anderen noch mehr und wünschten sich, sie wären nicht mit auf den Friedhof gegangen, sondern wären längst bei den Schanzen. Alles hoffte, der Schwarze würde seinen Plan nicht wahr machen, sondern vorher zur Besinnung kommen.

Aber einer war dabei, einer aus Mögeldorf, der konnte es nicht lassen. Er flüsterte: „Traust dich ja doch nicht, Prahlhans!" Und dann lockte er: „Ich geb dir 'nen Gulden, Pockennase, wenn du es machst ...", schnippte einen Gulden in die Luft, fing ihn wieder auf und steckte ihn ganz ruhig in die Tasche zurück.

Da streckte der Schwarze den Arm, legte an, kniff ein Auge zu, drückte ab und traf den Heiland mitten auf die Stirn. Es tat einen grauenhaften, unbeschreiblichen Schlag. Es war, als wäre ein Blitz in den Johannisfriedhof gefahren – taghell plötzlich. Aus dem faulen Maul des schwarzen Soldaten stürzte ein Schrei, der den anderen das Blut in den Adern gefrieren ließ. Dann stoben sie in alle Richtungen auseinander, als wäre der Leibhaftige hinter ihnen her. Nur der Schwarze blieb, er lag reglos auf dem Boden wie eine gefällte Eiche.

Die Söldner hörten nicht auf zu laufen, bis dass sie an der Schanze waren. Dort berichteten sie aufgelöst, was sich zugetragen hatte. Der Kommandeur hörte sich die Geschichte an, schüttelte den Kopf, beschloss dann aber doch, eine Streife nach dem Johannisfriedhof zu schicken. Die fanden den baumlangen Kerl noch in der gleichen Nacht, flach auf dem Rücken liegend, tot, die Beine grausam verrenkt und in der Stirn die Kugel, die er auf Jesus Christus, unsern Herrn, abgefeuert hatte.

Man schaffte ihn ins Leichenhaus; die anderen blieben bei den Schanzen. Das Bildnis von unserem armen Herrn kann man heute noch sehen – auch das Loch, das die gottlose Kugel geschlagen hat, bevor sie dem Täter an die Stirn zurücksprang.

Nur der aus Mögeldorf, der, welcher einen blanken Gulden hatte wetten wollen, der war und blieb verschwunden.

## Der Pudel als Retter

Pudel sehen aus, als seien sie zum Spielen da: hübsche Hündchen, die man frisieren und kleiden kann. Sie haben ein lockiges Fell und ein freches Gesicht, sind schlau und treu und zuverlässig.

Solch einen schwarzen Pudel besaß einmal ein Bäcker, der seine Backstube in der Nähe des Tiergärtner Tors in Nürnberg hatte. Das Tiergärtner Tor ist ein mächtiges, gut erhaltenes Stadttor, das die alte Stadt nach Westen sicherte; kommt man durch das Tor hinaus, so sieht man den breiten Burggraben, den der Eppelein damals übersprungen hat. Innerhalb der Tormauern befindet sich einer der schönsten Plätze Nürnbergs. Hier steht das wohlhabende und prächtige Haus, das sich einst Albrecht Dürer kaufte, als seine Kupferstiche hoch im Kurs standen. Und dort an diesem Platz war vor langer Zeit auch die Bäckerei, von der jetzt die Rede sein soll.

Bäcker tun harte Arbeit – sie schaffen, während wir schlafen. Was ein guter Bäcker wert ist, das weiß jeder, der gerne Brot isst – da gibt es viele Sorten, viele Mehlarten, viele Mischungen. Über Geschmack lässt sich bekanntlich nicht streiten, aber was ein sauber durchgebackenes Brot ist, das sieht und schmeckt man sofort. Ein solch guter Bäcker war nun der Unsrige, deshalb hatte er eine große Backstube mit mehreren Gesellen und einer Hand voll Lehrlingen. Die Lehrlinge mussten sich an den Lebensrhythmus, zu dem Bäcker gezwungen sind, erst gewöhnen, und so wurden sie gegen Morgen hin oft müde und schlapp. Dann kam des Bäckers Pudel ins Spiel: Man neckte und fütterte ihn, setzte ihn sich auf den Schoß, streichelte sein Fell, lehnte den Kopf an seinen Rücken und machte dabei für ein ganz kleines Weilchen die Augen zu.

In jener Nacht aber gab es keine Zeit für solcherlei Kurzweil. Die Backstube hatte einen großen Auftrag, der Meister selbst, die Meisterin und die Gesellen hatten alle Hände voll zu tun. Die Lehrlinge schleppten Holz, Körbe und Wasser, und ans Ausruhen war nicht zu denken. Hei, wie die Laibe in den Ofen hinein- und wieder herausfuhren! Und mit jedem fertigen Brotlaib wurde es heißer in der Stube, und allen rann der Schweiß in Strömen über die Stirn. Der eine Lehrjunge zählte die Brote, der Zweite füllte die Körbe, und der Dritte lehnte sich einen Augenblick an die Wand, um Luft zu schöpfen.

Das sah der Altgeselle und es war ihm ein Dorn im Auge. „He, du da drüben!", rief er, „Hast du etwa nichts zu tun? Siehst du denn nicht, dass der Mohn aus der Vorratskammer geholt werden muss? Und dass auf die Laibe dort drüben Kümmel gestreut werden will? Und überhaupt, wo ist denn frisches Wasser? Ist es nicht deine Aufgabe, dafür zu sorgen, dass die Kannen immer hübsch gefüllt sind? Schläfst du etwa schon wieder mit offenen Augen wie ein Hase?"

Das ärgerte den Lehrjungen, denn er hatte fleißig geschafft und die kleine Pause bitter nötig gehabt. „Ruhig, nur ruhig Blut bewahren", murmelte er zu sich selbst, denn er wusste aus leidvoller Erfahrung, dass es keinen Gewinn brachte, sich mit dem Altgesellen anzulegen. Und laut rief er in die heiße Backstube hinein: „Ich geh frisches Wasser holen draußen vom Brunnen – da ist's schön kühl!" „Geh nur", sagte die Meisterin, ohne aufzublicken, „bist ein guter Junge, weißt, was nötig ist!" Und zum Altgesellen sprach sie, während der Junge seine Jacke holte, „Lass mir den Bub in Frieden, er ist einer der bravsten, wenn auch nicht einer der schnellsten, die wir je gehabt haben!"

Das ärgerte hinwiederum den Altgesellen und er vergrub wütend seine Unterarme im Sauerteig, an dem er gerade knetete. Der Lehrjunge öffnete die Tür. Draußen war's stockfins-

ter. Daran hatte er nicht gedacht. Die Luft war zwar kühl und frisch und durchaus verlockend, aber die Schwärze war undurchdringlich.

Die Freunde und auch die Muhme hatten ihm viel von dem erzählt, was draußen vor sich ging, wenn der Nachtwächter wieder zu Hause war und alle Christenseelen ihren wohlverdienten Schlaf hielten. Wohl kannte er die Nacht, denn er war ja Bäckerlehrling, aber immer, wenn er nach getaner Arbeit ins eigene Gässchen marschierte, leuchtete schon die Morgensonne, und immer, wenn er abends kam, begleitete ihn sein Vater. Ganz allein, so wie jetzt, war er noch nie gewesen.

Der Platz lag majestätisch, leer und stumm in der Nacht. Riesig stand das Tor darüber. Auf der Burg brannte kein Licht. Das Kopfsteinpflaster wirkte unnatürlich glatt und gefährlich, linker Hand war ein finsteres Loch in der Welt. Der Lehrjunge schlug die Tür wieder zu. Allein dahinaus wollte er um keinen Preis. Aber zurück konnte er auch nicht. Die Meisterin hat es gesehen und wohl gespürt, was dem Jungen durch den Kopf ging. Er dauerte sie, wie er da so schmächtig im Türrahmen stand. „Nimm den Pudel mit", rief sie ihm aufmunternd zu, „der braucht dringend frische Luft!"

Der Lehrjunge pfiff erleichtert nach dem Pudel. Zu zweit mochte es wohl zu schaffen sein! Nahm den großen Messingkrug und machte sich auf den Weg zum Brunnen. Es stand kein einziger Stern am Himmel, kein Lufthauch regte sich. Auch der Pudel mochte sich wohl fremd fühlen, denn er wedelte nicht mit dem Schwanz wie sonst. Eilig schritt der Junge auf den Brunnen zu – geschafft! Er neigte den Kopf unter den Strahl. Wie gut das Wasser tat! Er hatte gar nicht gewusst, wie durstig er war. Jetzt schnell den Krug darunter und dann dem Pudel ein wenig ins Fell spritzen! Das würde ihn aufmuntern und zum Bellen bringen! Aber – zum Henker! – wo war der Kerl? Nirgends zu sehen! Der Lehrjunge pfiff und rief seinen

Namen. Nichts! Es konnte ihn doch wohl nicht die Nacht verschluckt haben? Der Junge rief wieder, aber seine Stimme bekam einen fremden Klang, weil das Herz anfing, ihm im Halse zu schlagen.

Und dann hörte er etwas: ein Bellen! Das war der Bäckerspudel, ganz sicher. Aber woher kam sein Gebell? Und warum klang es so hohl und dumpf? Der Junge bekreuzigte sich. Es musste etwas geschehen sein. War der arme Hund in einen Vorratskeller gefallen? Oder in einen Brunnenschacht? Oder gar in eine stinkende Latrine? Oder hatte sich der Geist eines Verstorbenen, der nicht ruhen konnte, seiner bemächtigt? Auf Zehenspitzen folgte der Junge dem Geräusch. Es zog ihn hin zum Tiergärtner Tor. Aber sicher war das Tor um diese Zeit verriegelt? Es wurde doch immer beim Abendläuten geschlossen, damit fahrendes Volk und anderes Gelichter nicht hineinkonnte, von bösen Feinden ganz zu schweigen. Zitternd näherte sich der Junge dem Holztor. Sieh da, der Riegel war zurückgeschoben, die schwere Tür nur angelehnt.

Wie der Blitz raste der Lehrjunge zurück in die Bäckerei und rief schon in der Diele, dass der Pudel durchs Tiergärtner Tor gelaufen und ganz und gar verschwunden sei.

„Halt, nichts da!", sagte der Altgesell. „Das glaube, wer will. Nachts ist das Tor zu. War's immer, ist's immer und wird's immer sein." Aber die Bäckermeisterin sah ihren Mann an, und der schaute zum Altgesellen hin und befahl ihm, den Mund zu halten und lieber nach dem Pudel zu suchen. Und so verließen die beiden Kontrahenten die Backstube und gingen über den Platz. Auf dem Weg zum Tor griff sich der Altgesell einen Prügel, zur Vorsicht, und so wusste der Junge, dass da doch etwas Ungewöhnliches im Gange sein musste, wenn der andere ihm Glauben schenkte.

Schon vorm Tor hörten sie Geräusche. Da schimpfte jemand und schlug um sich. Der Ältere griff den Prügel fester, schob leise das Tor zur Seite, und tastete sich ins Schwarze. Er bekam einen Arm zu fassen, packte fest zu und hörte den Pudel aufjaulen. Der Fremde hatte den Hund getreten, aber der Altgesell ließ nicht los und zerrte ihn auf den Platz. „Brav, brav", sagte der Lehrjunge, bückte sich und strich dem Pudel über den Rücken. Hatte das Tierchen doch einen Bösewicht gestellt! Die Bäckersfrau würde stolz auf ihn sein!

Gerade in diesem Augenblick liefen zwei Stadtwachen um den Platz. Der Altgesell rief ihnen zu, dass er etwas für sie gefangen habe und die Wachen änderten ihre Richtung.

Inzwischen waren der Bäcker und die Übrigen vor die Backstube getreten und verfolgten das Schauspiel. Die Soldaten leuchteten dem Eindringling ins Gesicht; der jedoch drehte sich weg und wollte sich nicht zu erkennen geben. „Holla!", rief da der dickere der zwei Soldaten, „dies Antlitz kenn ich doch! Es gehört keinem anderen als dem ..." „... großen und gefürchteten Ratsherrn Anton Tetzel!", vervollständigte der andere verwundert den Satz. Nun trat die Bäckergesellschaft einen Schritt näher. Dies versprach, interessant zu werden. Was trieb ein Ratsherr zu dieser Stunde am Tor? Und in einem solch einfachen Gewand? Gerade so, als wolle er nicht erkannt oder für einen anderen gehalten werden? Doch der Ertappte schwieg und beantwortete keine einzige Frage, und so blieb den biederen Wachen schließlich nichts anderes übrig, als den Anton Tetzel zum Rathaus zu bringen. Es kam da viel Verantwortung auf die beiden Soldaten zu, und so entschlossen sie sich, den Bürgermeister zu wecken. Aber dem war die Verantwortung auch noch zu groß, und so ließ er mitten in der Nacht die anderen Ratsherren herbeischaffen, damit sie zusammenkämen und über das merkwürdige Gebaren ihres Kollegen beratschlagten.

Beim Lichte der Kerzen wurde der hoch geachtete Bürger peinlich befragt, und so ließ er das Leugnen und gestand, dass er mit dem Markgrafen Casimir – einem der ärgsten Feinde Nürnbergs – im guten Benehmen stand.

„Benehmen nennst du das?“, sagte der Bürgermeister und fuhr zu Recht empört fort: „Ich hingegen nenne das Verrat!“

„Jawohl, Verrat“, rief ein anderer, „denn du wolltest nichts anderes als seinen Landsknechten das Tiergärtner Tor öffnen, damit sie uns im Schlafe überfallen könnten!“

Der böse Ratsherr gestand es bleich, und das Entsetzen über so viel Untreue war allgemein riesengroß. Und sogleich wurde Gericht gehalten und verfügt, dass der Tetzel auf dem Alten Nürnberger Turm in einer schmalen Kammer festgesetzt und nie wieder freigelassen werden sollte, so dass er Zeit hätte, über seine Untaten nachzudenken. Und damit ihm nicht wieder etwas Listenreiches einfiele, werde der Zugang zur Zelle zugemauert und ihm das Essen nur durch ein Fensterchen gereicht. Der Tetzel senkte den Kopf und nahm sein Urteil an, war er doch schon alt und glaubte, seine Strafe nicht mehr lang aushalten zu müssen.

Aber der Herr, dessen Wege weise und unergründlich sind, hat ihm dieses Verbrechen der Stadt Nürnberg gegenüber lange nicht verziehen und ihn noch vier freudlose Jahre am Leben erhalten. Der tüchtige Pudel hingegen starb im Jahr darauf - zuviel Lob, zuviel Teig, zuviel Zucker ...!

## Eppeleins tollkühne Flucht

„Pah, die Pfeffersäcke in der Stadt!", pflegte der Strauchritter Eppelein von Gailingen zu sagen, dessen Heimat in der Gegend um das heutige Bad Windsheim lag. Fürwahr, die Reichstadt Nürnberg nannte man auch des Heiligen Römischen Reiches Schatzkästlein – Nürnberg war im ausgehenden Feudalzeitalter die größte Wirtschaftsmacht in ganz Mitteleuropa. Für den Stand des in Kriegshändeln erprobten Ritters gab es keinen Platz mehr in dieser städtischen Welt des Handels und des Handwerks, und der Eppelein spürte das schmerzlich und war neidisch. Da er aber um keinen Preis der Welt in die Stadt ziehen wollte, machte er sich ein Vergnügen daraus, die Pfeffersäcke zu überfallen, so oft er nur konnte. Man jagte ihn, wollte ihn fassen und vors Gericht stellen. Aber der alte Epp war ein Fuchs und ließ sich nicht leicht fangen. Im Gegenteil, er machte sich einen Spaß daraus, die Pfeffersäcke an der Nase herumzuführen.

Einmal hatte er sich ausgerechnet, dass er eine junge Nürnberger Patriziertochter heiraten könnte – und da war er schon über fünfzig! –, um sich mithilfe ihrer Mitgift über die nächsten Jahre zu sanieren. Er ließ also ein Schreiben ins Haus der Familie Tetzelin bringen, in dem er – der Form nach korrekt – um die Hand der Haustochter anhielt. Agnes Tetzelin war ein liebliches Mädchen und schon manch einer hatte sich erhofft, ihre Gunst zu gewinnen.

Der junge Herr Mendel hatte ihr schöne Augen gemacht und war auch erfolgreich gewesen – man sprach schon von einer Verlobung. In diese Situation hinein traf des Eppeleins Brief ein, und die Agnes sagte sofort, dass sie diesen alten Strauchdieb niemals heiraten werde. Ihr Vater, ihre Mutter und all die anderen städtischen Herren lachten über das ungehörige

Ansinnen des berüchtigten Rittersmanns. Sie schrieben harsch zurück, dass im Hause Tetzelin keiner auch nur im Traum daran dächte, den bösen Eppelein zum Schwiegersohn zu nehmen, was diesen nun erst recht in Wut versetzte. Gleich harsch gab er's ihnen wieder zurück: Er werde sich den Brautkuss schon zu holen wissen und die Mitgift dazu.

Die Nürnberger nahmen's humorig, aber ein wenig bang war ihnen doch, denn sie drängten alsdann die Agnes und ihren Mendel zur baldigen Hochzeit, damit ihnen der Eppelein nicht dazwischen fahren könnte. Aber der Mendel war jung und auch nicht hässlich, und wie jeder weiß, sind die Hübschen meistens eitel – das gilt für Männer ebenso wie für Frauen. Er erwartete einen Kaufmannszug aus Leipzig, der feines Tuch für eine maßgeschneiderte Hochzeiterkluft aus Samt bringen sollte, und wollte unbedingt darauf warten. Aber dann begriff er schließich doch, dass hier mehr auf dem Spiel stand als nur ein imposanter Aufzug, und so feierte man eine durchaus standesgemäße Hochzeit mit allem Prunk binnen weniger Tage.

Als die Mägde und Knechte dabei waren, die duftenden Pfannen und die dampfenden Schüsseln hereinzutragen, sprengte plötzlich ein Berittener in den Hof und schrie so laut, dass die Festgemeinschaft eilends zusammenströmte: „Junger Herr Mendel! So hört, was ich zu berichten habe: Der böse Eppelein von Gailingen hat Euren Kaufmannszug überfallen und alles, aber auch alles mitgenommen, was dabei war!" „So ein elender Hund!", war alles, was der erschrockene Bräutigam darauf antworten konnte. Aber seine Gäste und Freunde waren durch den Wein in mutiger Stimmung und sprangen sofort zu den Waffen, um es dem frechen Strauchritter ein für alle Mal zu zeigen. Sie preschten davon, und auch der Bräutigam musste nun mit, wollte er nicht hasenfüßig erscheinen. Zurück blieb die verdutzte Braut, die sich schwach in einen

Sessel fallen ließ und nicht wusste, was sie jetzt noch auf ihrer eigenen Hochzeitsgesellschaft sollte. Da trat der Berittene, der die furchtbare Nachricht gebracht hatte, in den Saal, riss die Kappe vom Kopf, umfing die Braut mit seinen starken Armen und küsste sie lang und herzhaft auf den Mund. Der Agnes wallte das Blut zum Herzen, aber bevor sie noch entschieden hatte, was jetzt zu tun sei, brannten ihr schon seine geflüsterten Worte im Ohr: „Hab ich's Euch nicht gesagt? Dass ich mir den Brautkuss holen werd und die Mitgift dazu?" Frau Agnes Mendel wollte um Hilfe schreien, aber da war der alte Haudegen schon fort, und sie selbst sank ohnmächtig darnieder.

Der Eppelein sitzt den Nürnbergern bis heute wie ein Pfahl im Fleische, und wenn die Rede auf ihn kommt, werden sie unruhig und rutschen auf ihrem Platz hin und her. Obwohl das alles schon vor Hunderten von Jahren geschehen ist, kann es doch nicht vergessen werden. So ist es, wenn uns ein Unrecht widerfährt – da mag noch so viel Zeit ins Land gehen; es nagt an der Seele.

So kann es auch niemanden wundern, dass die Nürnberger alles daran setzten, den Eppelein von Gailingen unschädlich zu machen. Sie erklärten ihn für vogelfrei, was so viel bedeutet, als dass einer keinerlei Rechte und Schutz mehr genoss, ja sogar straflos getötet werden durfte. Das war in jenen Tagen der schlimmste aller Schiedssprüche – jeder wird sofort verstehen warum.

Wenn noch dazu ein hoher Preis auf des Vogelfreien Kopf ausgesetzt wurde, gab es kein Halten mehr. Dann konnte jeder Unterschlupf, jedes Gasthaus, jede Scheuer zur tödlichen Falle werden, der Gesuchte konnte nirgends mehr friedlich ausruhen. Und wer nicht schläft, kann nicht gewinnen.

Es gab einen Mann namens Elias, der sich das Geld holen wollte. Ja, die gebotene Summe erschien ihm gar zu wenig und er forderte – sage und schreibe – dreihundert blanke Gulden für des Eppeleins Kopf. Doch die Nürnberger waren reich und verärgert genug und gingen darauf ein. So schrieb Elias dem Epp von einem sauberen schnellen Rappen, den es in Forchheim günstig zu kaufen geben sollte. Dieser roch an dem Schreiben, machte es auf, las es, rollte es wieder zusammen und öffnete es erneut.

Irgend etwas, das fühlte er – gefahrenbewusst wie er im Laufe seines Raubritterlebens geworden war – stimmte an diesem Brief nicht. Aber schließlich zuckte er die Achseln, schalt sich einen Schwarzseher und Hasenfuß und machte sich auf den Weg nach Forchheim. Er brauchte dringend ein anständiges Pferd, und außerdem kannte er den Elias von früheren Geschäften, die nicht zu des Eppeleins Nachteil gewesen waren. Was man ihm zeigte, war ein prachtvoller Rappe, gut im Futter mit glänzendem, gesundem Fell und kräftigen Muskeln. Elias erklärte ihm dies und jenes im Stall und sagte dann, er werde Zaumzeug holen, um das Tier im Gange vorzuführen. Als er flink durch die Stalltür hindurch war, ahnte der Strauchritter etwas und drehte sich um, aber da war es schon zu spät. Der Elias verriegelte von draußen das Tor und als der Eppelein zum Fenster stürzte, sah er einen Haufen Landsknechte durch die verdreckten Scheiben hereingrinsen. Sie winkten mit Stricken und machten eindeutige Handbewegungen. Da wusste der Eppelein, dass es nun gen Nürnberg ging. Hätte er doch seinen Instinkten getraut! Nun war es zu spät.

Der Eppelein saß nun also im Eisen im fünfeckigen Turm auf der Kaiserburg zu Nürnberg und wartete auf sein Urteil. Die Nürnberger mussten nicht lange beraten: Da kam nur eines in Frage: der Galgen! Das wunderte den Raubritter keinen Augenblick – so hatte er gelebt, so hatte er es verdient. Das Tageslicht konnte er in seinem Verlies nicht sehen, nicht die Felder und Wälder von Franken, in denen er seinen Spaß gehabt hatte; so war es denn einerlei, ob er lebte oder sterben würde. Nur um seine Söhne tat es ihm Leid. Da öffnete sich die Pforte und eine Wache trat herein, um ihm Ort und Stunde seines Ablebens zu verkünden. „Aber", so sprach der Wärter, „was in Nürnberg von Alters her Brauch ist, soll auch dem Eppelein von Gailingen nicht vorenthalten werden. Wenn Ihr denn einen letzten Wunsch habt, der für uns erfüllbar ist, so wollen wir es versuchen. Denkt gut nach. Es ist wirklich das Allerletzte, das wir für Euch auf dieser Welt tun können."

Der Eppelein war höchlichst überrascht; er hatte die Nürnberger Pfeffersäcke nicht für so großzügig gehalten. Er strich sich über den Schnauzbart, der ihm schon weit über die Mundwinkel hing – denn einen Bader hatte man ihm nicht in die Zelle gelassen – und dachte nach. Er wollte nichts essen, nichts trinken, stattdessen aber noch einmal den Himmel sehen. Und dazu einen Gaul zwischen den Schenkeln spüren, denn das war sein Liebstes gewesen: hoch zu Pferde zu sitzen und sich vom Leben zu holen, was es nicht freiwillig herausrücken wollte.

Die Schlauen im Rat der Stadt fanden an diesem letzten Wunsch etwas auszusetzen, argwöhnten sie doch, dass der Verurteilte zu fliehen versuchen würde. Andererseits wollte man nicht kleinlich wirken – Großmut im Sieg steht jedem gut! – und beschloss, ihm seinen Wunsch nicht abzuschlagen. Gleichzeitig aber wollte man dicht an dicht mehrere Reihen Wachen an seinem Reitwege entlang postieren, so dass an ein Entkommen nicht zu denken wäre.

Als am nächsten Morgen das Armesünderglöckchen rief, öffnete man das Tor, und aufrecht ritt der Eppelein von Gailingen heraus – freilich nicht zum Vergnügen, sondern zum Richtplatz. Dem Eppelein taten, als er aus dem Tor ritt, die Augen weh, so blitzte das Licht in den zahlreichen Säbeln der Wachen. Wie ein dichtes Spalier von geschliffenen Klingen standen sie vor ihm, und wenn er je mit einer Flucht geliebäugelt haben sollte, so verging ihm dieser Wunsch jetzt ganz und gar.

Neben dem Fünfeckturm, der übrigens Nürnbergs ältestes Gemäuer ist, verläuft eine gerade Mauer, die obenauf abgeschrägt ist. Wer als Fremder zur Burg kommt, der steht zuerst vor dem tiefen Burggraben, der so breit ist, dass ihn kein feindlicher Soldat überwinden kann. Heute wachsen darin Büsche und Bäume. Dahinter erhebt sich die hohe Streichmauer, die direkt an den Fünfeckturm angebaut ist. So wenig man von außen in die Burg hereinkommt, so wenig kommt man von drinnen hinaus – es sei denn, man hätte Flügel. Das wusste jeder, und so hatte der Kommandeur an dieser Stelle niemanden postiert; dort konnte man sowieso nirgends hinkommen als in den sicheren Tod, nämlich in den Abgrund des Burggrabens. Wie jeder weiß, liegt die Nürnberger Burg hoch über der Stadt auf einem natürlich gewachsenen Sandsteinsockel und an dieser Stelle ist's besonders steil.

Wie nun der Epp auf der einen Seite das Säbelspalier und auf der anderen die Mauer sah, muss ihn der Hafer gestochen haben. Wahrscheinlich hat er plötzlich gedacht: „Bevor sie mich hängen, die Erzfeinde, die Nürnberger Pfeffersäcke, da spring ich doch lieber selber hinunter; das Leben kostet's mich so oder so!"

Und er warf sich nach vorne, umschlang den Hals seines Rappen mit beiden Armen und hieb ihm die Sporen in den weichen Leib, dass es eine Grausamkeit war. Das brave Ross machte einen Satz, wie ihn noch keiner gesehen hat. Es galoppierte auf die Mauerschräge, stieß sich mit solcher Wucht ab, dass noch heute die Eindrücke seiner Hufe im Stein zu fühlen sind und sprang in den Abgrund.

Ein vielstimmiges „Oh!" erklang aus den Mündern der Wachen und alles rannte zur Mauer, um den zerschmetterten Ritter mit seinem Pferd zu sehen. Da lagen sie beide drunten und rührten sich nicht mehr. Aber noch bevor die Soldaten sich von ihrem Schrecken erholt hatten, bewegte sich etwas.

Der Eppelein kam auf die Knie, schwankte, stand auf, zog sein Ross am Zaumzeug hoch, schwang sich drauf und sprengte davon.

Die Soldaten glotzten. Ihr Kommandeur war sprachlos. Da drehte sich der Eppelein von Gailingen auf seinem Pferd herum, winkte herauf und schrie:

„Die Nürnberger hängen keinen, sie hätten ihn denn zuvor!" Und weg war er.

Man mag's nicht glauben, wenn man auf der Burg steht und in den Graben hinunterschaut. Aber dann wird man zu eben jener Stelle an der Mauer geführt, und dann muss man's glauben, ob's einem passt oder nicht: Da sind die Abdrücke der beiden Hufeisen tief eingefurcht – und das seit Jahrhunderten.

Wie das die Nürnberger geärgert hat! Erst hat man den Schaden und dann noch den Spott dazu! Denn bald wurde des Eppeleins frecher Spruch ein geflügeltes Wort, und wohin immer ein Nürnberger kam, der Satz war schon vor ihm da.

Kaum hatte der Strauchritter den Nürnbergern bei Dachau 32 Pferde ausgespannt, hieß es: „Die Nürnberger reiten keine Rösser, sie hätten sie denn davor!", und als er ihren Kaufleuten bei Wachenrod die Waren abgenommen hatte, spotteten die Leut': „Die Nürnberger würzen heuer nicht, denn den Pfeffer hat der Eppelein!"

Doch zurück zu Eppeleins Flucht: Er gab seinem Gaul die Sporen und sprengte über die Felder ins Tal der Wisent östlich von Nürnberg. Er peitschte sein Pferd und spornte es an wie sonst nie, und das war ihm selbst nicht recht. Die Bauern sahen ihn als schwarzen Schatten vorbeifliegen und bekreuzigten sich, fürchteten sie doch, dass der, der da mit solchem Tempo ritt, niemand anderes als der Leibhaftige sein konnte. Aber als die Verfolger ins Blickfeld kamen, wussten die Bauern gleich, dass es der Eppelein gewesen sein musste, weil die Nürnberger Wachen nur bei seinem Anblick allein so grimmig dreinschauten. Bei Muggendorf brach des Eppeleins Ross schließlich erschöpft zusammen und konnte, obwohl der Eppelein ihm Trostworte ins Ohr flüsterte und den Hals fürsorglich klopfte, nicht wieder aufstehen. Der Ritter untersuchte das Tier und fand blutige Wunden, die er selbst ihm im feurigen Ritt beigebracht hatte. Da schämte der Eppelein sich und versuchte, es wieder gutzumachen. Er kümmerte sich nicht länger um die Verfolger und lief zur nahe gelegenen Wöhrmühle, verlangte einen Sack Hafer, altes Brot und Wein. Der Müller tat, wie ihm geheißen, wusste er doch, dass mit dem Epp – in solch finsterer Stimmung – nicht zu spaßen war. Der Ritter flößte dem Tier den Wein ein, schüttete ihm Hafer in den Rachen und steckte ihm das Brot zwischen die Zähne. Daraufhin setzte er sich zu ihm, legte ihm den Arm um den Kopf und sprach ihm gut zu. Das Fähnlein Landsknechte war derweilen in die andere Richtung geritten, wo sich die Spur gänzlich verlor.

Da ertönten auf einmal Stimmen aus dem Wald, und der Eppelein fuhr zusammen. Wie erstaunt war er, als da seine Frau und seine Kinder aus dem Wald traten, alle schwarz gewandet. Sie schlugen ein Kreuz, als sie ihn sahen und klapperten mit den Zähnen. Sie hätten, so berichteten sie weinend, als sie ihn schließlich erkannten, gehört, dass er aufgeknüpft worden sei und deshalb die Trauerkleidung angelegt.

Da lachte der Eppelein rau und laut, aber es klang nicht froh, denn er wusste nur zu gut, dass er nahe daran gewesen war.

„Schaut her", sagte er zu seiner Frau und seinen zwei Söhnen, „wenn der brave Gaul nicht gewesen wäre, hätte ich es nicht geschafft. Wir wollen ihn pflegen und ehren und ihm das Gnadenbrot geben."

Als sie sich jedoch nach dem Rappen umsahen, waren dessen Augen schon gebrochen. Der Raubritter wurde blass und sank auf die Knie. Dann hieß er seine Kinder Schaufel und Spaten aus dem Müllerhause holen. An Ort und Stelle gruben sie gemeinsam, bis sie ein anständiges Grab ausgehoben hatten. Das war eine nicht geringe Mühe, und kein anderer als der Eppelein hätte sich für einen toten Gaul eine solche Arbeit gemacht. Späterhin soll er daselbst eine steinerne Säule errichten haben lassen. Grad so, wie man es getan hätte, wenn es ein Mensch gewesen wäre, der dort unschuldig zu Tode kam.

Aber eines jeden Stunde kommt einmal, wie gewitzt man sich auch dagegen zu wehren versucht. Kurz darauf wurde der Eppelein mit seinen beiden Neffen Dietrich und Hermann aus Bernheim gefangen genommen – an einem garstigen Herbsttag des Jahres 1381 war das, vier Knechte waren auch noch dabei. Diesmal gab es keine lange Verhandlung, keinen letzten Wunsch und keine Gnade: Am andern Tag schon wurden der Eppelein von Gailingen und die Bernheimer Buben aufs Rad geflochten, den Knechten hieb man die Köpfe ab. Alles, was sie bei sich hatten, wurde verkauft und – so steht's in den Büchern – 639 Pfund 14 Schilling und 6 Heller wurden erlöst. Wer das Geld bekam, ist nicht bekannt.

# Die Toten wollen ihre Ruh'

Es ist noch gar nicht so lange her, da wohnte einmal ein Student in Zirndorf, der wissbergierig war und viele Bücher las – was für das Studium einerseits gut und nützlich ist, im wirklichen Leben jedoch manchmal gefährlich werden kann.

Dieser junge Mann sperrte sich Tag und Nacht in seinem Kämmerlein ein und studierte, nur dann und wann schwirrte ihm der Kopf so, dass er hinaus an die frische Luft musste, um einen Spaziergang zu machen. Während er einmal so vor sich hinschritt, betrachtete er zwar mit den Augen die Landschaft, im Geiste aber memorierte er Vokabeln und Daten, die er sich für kommende Prüfungen einzuprägen gedachte. Hierzu muss gesagt werden, dass er offenbar nicht an die wunderbare Wirkung des Nürnberger Trichters glaubte, denn sonst hätte er sich die viele Mühe sparen können.

Wie er nun so daherging, fiel ihm die sonderbare Wölbung eines Berges auf, aber er dachte sich nichts weiter dabei. Als er wieder in seinem Stüblein am Tische saß und ein historisches Werk aufschlug, entdeckte er, dass eine der großen Schlachten im Dreißigjährigen Kriege genau in seinem Heimatort Zirndorf geschlagen wurde. Gerade an dem Ort, an dem er sich jetzt, mehr als hundert Jahre später, gemütlich und sicher befand, hatten damals die kaiserlichen Heere, von Albrecht von Wallenstein angeführt, denjenigen des Schwedenkönigs Gustav Adolf gegenübergestanden. Vergeblich hatte der Schwede seine Mannen gegen die Alte Veste anstürmen lassen; am Ende hatte keiner gewonnen, aber das ganze Städtlein hatte Federn lassen müssen. Es wurde gebrandschatzt, und was hernach ganz und gut übrig war, wurde von der johlenden Nachhut der beiden Söldnerheere vollends zerstört.

Es grauste den Studenten, denn er war ein friedliebendes Geschöpf und konnte sich das Schlachten und Schlagen aus jenen alten Zeiten nur mit Schrecken vorstellen. Aber wie er so weiter darüber nachdachte, fielen ihm plötzlich die Hellebarden und Streitäxte ein, die federngeschmückten Helme und Kettenhemden, die Lederwämse und Stiefel, die Essgeschirre und Zaumzeuge, die Trinkbecher und Würfelspiele. So überlegte er bei sich, ob nicht manches davon im Erdboden ruhte, unangetastet von den Nachgeborenen. Auf einmal sah er sich ob seiner sensationellen Funde als Forscher und Ausgräber reich und berühmt werden. Dieser Gedanke gefiel ihm gar sehr und er beschloss, gleich am nächsten Morgen eine Schaufel, einen Spaten und eine Holzkiste zum Verstauen der Funde zu erwerben. Danach wollte sich mit dem so Beschafften auf den Hügel begeben, der ihm gestern so auffällig geformt erschienen war, und graben.

Vor Aufregung konnte er kaum schlafen, aber der nächste Morgen war frisch, der Boden feucht, die Muskeln ausgeruht und das Graben eine Freude. Wie groß war sein Entzücken, als er in der Tiefe eines Loches, das er leergeräumt hatte, einen Steinkranz sah! Voller Eifer grub er tiefer und tiefer und fand tatsächlich den Anfang und Eingang eines unterirdischen Ganges. Nun konnte ihn nichts mehr aufhalten, und er schaufelte den Weg frei; bis dass ihm dicke Blasen an den Handflächen erschienen. Steine und Lehmbrocken schleuderte er wie ein Maulwurf ans Tageslicht und betrat schließlich schweißnass den geheimen Gang.

Vorsichtig tastete er sich durch die Finsternis, nicht ohne Angst, denn er war schreckhaft und zart besaitet. Plötzlich wuchs vor ihm eine eiserne Tür aus dem Boden! Dem Studentlein blieb fast das Herz stehen, aber als er sich nach einer kurzen Weile gefasst hatte, sagte er sich: „Nun bin ich so weit gekommen, nun will ich wohl auch noch wissen, was hinter dieser Tür ist." Und er rüttelte und schüttelte an den Pfosten, trat gegen die Scharniere, klopfte mit dem Spaten auf die Riegel und siehe da! – er musste wohl jemanden mit seinem künstlichen Lärm aufgeweckt haben – plötzlich tat es einen lauten Schlag, und die Tür sprang auf. Der Student stieß entsetzt einen Schrei aus, denn wer stand vor ihm? Niemand anderes als ein schwedischer Soldat, angetan mit einer Uniform, die voller Grünspan war. Aus dem Lederkragen ragten weiße Knochen hervor und über den Schultern erhob sich ein grausiger Totenschädel mit leeren schwarzen Augenhöhlen und großen bleckenden Zähnen. Langsam hob der Tote die knöcherne Hand und reckte sie knirschend zu dem Studentlein hin. Es war, als wolle ihn der alte Schwede packen und zu sich ins Reich der Toten hinabreißen. Da drehte der Student sich um und raste durch den Gang zurück ans Licht, denn er wollte sein Leben noch ein Weilchen behalten. Aber wie er so lief, hörte er

etwas hinter sich knarren, knistern und klappern. Ein Leder-Moder-Duft folgte, und er war sich gewiss, dass der Knochenmann hinter ihm her war. Wie irr kam der Student wieder ans

Tageslicht, ließ Spaten und Schaufel einfach stehen und sprang in die Stadt hinunter. Aber noch immer folgte ihm der süße Verwesungsgeruch, und er wagte nicht, sich umzusehen, aus Angst, er käme ins Stolpern und verlöre so seinen Vorsprung.

Schwer atmend erreichte er seine Haustür und sank seinem bestürzten Vater in die Arme. Stockend erzählte er, was er gesehen hatte, und schluchzte dabei laut. Der Vater suchte ihn zu beruhigen und führte ihn in sein Zimmer, damit er sich niederlege und ein wenig schliefe. Aber kaum dass der Vater das Zimmer verlassen hatte, schnupperte der Junge wieder den Leichengeruch, hob den Kopf vom Kissen und sah genau das, was er gefürchtet hatte: Der schwedische Söldner stand da in seiner schimmeligen Uniform hinter seinem Bett, grinste ihn höhnisch an und winkte mit dem Finger nach ihm. Da packte den Jungen das Fieber und er wurde ohnmächtig. In den bösen Träumen, die Fieber oft mit sich bringt, sah er wieder und wieder den Zeigefinger aus weißen Knochen, der sich krümmte und nach ihm rief. Dann schrie der Junge im Schlaf auf und seine Mutter eilte herbei, um ihm die heiße Stirn mit Tüchern zu kühlen.

Nach Wochen genas der Student, aber er war nicht mehr wie früher. Er wusste nun, dass diejenigen, die die Totenruhe stören, schwer bestraft werden. Und auch seine Eltern waren anders geworden. Sie hatten nun verstanden, dass allzu viel Lernen und Memorieren dem Geist manchmal eher schadet als nützt.

## Die Bluttat zu Fürth

Fürth war stets die große Stadt, die den Nürnbergern im Nacken saß; heute sind beide zusammengewachsen. Als die Nürnberger einmal glaubten, ihre Juden ausweisen zu müssen, nahm Fürth sie auf, und so ist die Stadt Fürth, die ihren Namen wohl von einer Furt am Zusammenfluss von Rednitz und Pegnitz hat, wohlhabend und wichtig geworden. Das hat die Nürnberger – sehr zur Freude ihrer Nachbarn – immer geärgert, aber die Stadt Fürth am Ende doch nicht vor dem gleichen Fehler bewahrt. Im Unrechtsstaat Hitlers haben auch die Fürther ihre jüdischen Mitbürger mit grober Gewalt aus der Stadt gezwungen, und so hat Fürth lange zu tun gehabt, den alten und guten Ruf wiederherzustellen.

In einem äußeren Stadtteil, in Unterfarrnbach, steht ein Steinkreuz, das an einen Mord, der im Zorn vollbracht worden ist, erinnern soll. Früher hat es nämlich in Unterfarrnbach das Schloss der Freiherren von Wolfsthal gegeben. In der langen Reihe der Wolfsthaler gab es einen, den Wolf Balthasar, der an seinem Freiherrenleben einen ganz besonderen Spaß fand. Er lud gerne zu Feierlichkeiten, aß ein Huhn und eine Ente zusammen vom gleichen Teller, konnte mehr als fünf große Becher hintereinander wegtrinken und liebte die Musik der Spielleute.

So ging es auf der Burg Wolfsthal des öfteren laut und lustig zu, und die Fürther und Unterfarrnbacher liefen abends vorbei und schielten neidisch zu den Fenstern hinauf, aus denen lautes Singen und Grölen drang. Da hätte mancher gern mitgetan, aber das konnte man nur, wenn man droben geladen war oder doch wenigstens in den Diensten des fröhlichen Freiherrn stand. Einer von diesen Glücklichen war Heinrich, Wolf Balthasars Kammerdiener.

In einer Aprilnacht, die kühl gewesen war, hatte man, um sich den Bauch zu wärmen, heftig gezecht – und alles schlief hernach röchelnd auf den Bänken im Vorraum. Nur der Gastgeber Wolf Balthasar hatte sich auf sein eigenes weiches Lager zurückziehen können und tief, ja, wie ohnmächtig geschlafen. Als er am Morgen erwachte, pochte es bös in seinem Kopf und seine Laune war, des Katers wegen, denkbar schlecht. Er warf sich einen Umhang um die Schultern und ging, um nach den anderen zu sehen. Auch brauchte er Wasser, denn es plagte ihn nach all dem Alkohol großer Durst. Er fand die schlafenden Kumpane und ärgerte sich – schon wieder war ein hübsches Sümmchen durch ihre Kehlen geflossen, und er konnte zusehen, wie er's wieder herbeischaffte. Er nahm sich vor, mit dem nächsten Gelage ein wenig zu warten, wusste aber im selben Augenblick schon, dass er's nicht schaffen würde – zu sehr liebte er Rausch und Gesellschaft.

Er rief nach der Magd, aber die hatte bis spät in der Nacht Nüsse und Honig bringen müssen und schlief noch. Er brüllte nach dem Stalljungen, aber der hatte sich, als er die Edlen so trunken sah, überflüssig gefühlt und war zu seinem Mädchen ins Unterfarrnbacher Dorf gelaufen. Niemand erschien. Er schrie, er brauche Wasser und Frühstück, und wieder geschah nichts.

Da schwoll ihm die Stirnader, die ohnehin wehtat, und er kippte den großen Tisch, der noch voller Trinkgefäße und Teller war, zur Seite und ließ alles auf den Boden fallen. Es krachte und klirrte und böse sah er den Bechern nach, die da scheppernd in die Ecken rollten. Auf einmal wurde sein Blick ganz starr: Wo, zum Henker, war sein eigener goldener Becher? Er hätte auch auf dem Boden rollen müssen, aber da war nichts, da waren nur die Blechnäpfe und Messingbecher, die man auf Wolfsthal für die Gäste bereithielt, die kein eigenes Trinkgeschirr mitbrachten.

Sein Becher aber war wertvoll. In seinem betäubten Gehirn arbeitete es. „Heinrich!", donnerte er.

Schlaftrunken erschien der Kammerdiener. Sein schon lichtes Haar klebte am Kopf und auf der Wange sah man noch die Striemen seines Kissens. „Ja, Herr?"

„Wo ist mein Becher?"

„Welcher Becher?", fragte Heinrich dumm. Das war sein Fehler – ein Fehler, der ihn das Leben kosten würde.

„Das weißt du ganz genau!", sagte sein Herr scharf. „Der goldene, meiner – du Trottel! Der, den mir mein Vater zum Sechzehnten geschenkt hat, du bist mir für ihn verantwortlich. Hast du ihn gestern nach dem Gelage weggesperrt?"

„Nein, Herr", antwortete Heinrich verwundert, „das tu ich doch nie."

„Verdammt noch mal", tobte der Freiherr, „geht denn hier alles kreuz und quer? Der Kammerdiener faul, die Magd verschlafen, die Gäste besoffen ...!"

Heinrich hätte die Liste gut fortsetzen können, aber er schwieg vorsichtig. Er hatte Erfahrung mit dem jähzornigen Temperament seines Herren, er wusste, dass sich dieser Wutausbruch auch wieder legen würde. Langsam begann er, sich auf die Tür zuzubewegen, denn er war noch nicht angekleidet und trug nur sein Schlafhemd, in dem er sich gegenüber soviel Zorn schutzlos fühlte. Darum sah er nicht, wie Wolf Balthasar plötzlich – woher hatte er sie so schnell gehabt? – seine Pistole zückte und in die Luft feuerte.

„Dir werd ich Beine machen!", brüllte der Tobsüchtige. „Du wirst laufen und mir meinen Becher bringen!"

Und Heinrich lief, lief um sein Leben. Er raste durch den Burghof und den Burgberg hinunter und sein Schlafhemd flatterte ihm um die bleichen Beine wie eine Fahne.

Doch der Wolfsthaler besaß einen kräftigen, auf der Jagd ertüchtigten Körper, und darum setzte er dem Flüchtigen nach wie ein Dachshund der Fähe. An eben jener Stelle, an der heute das Steinkreuz steht, holte er den alten Kammerdiener ein.

Der arme Heinrich knickte um. Der Wolfthaler feuerte. Die Kugel traf den Unschuldigen in den Oberschenkel und brannte schauerlich. „Aber Herr", stammelte er.

Da schoss der Burgherr noch einmal und traf ihn diesmal in die Brust. Heinrich stöhnte. Übervoll von Zorn, ganz außer sich, trat der Wüterich nach ihm. Der arme Heinrich krümmte sich.

„Hast ihn wohl gestohlen! Willst ihn zu Geld machen, du elender Lump!", schrie Balthasar, obwohl er im Innern seines Herzens ganz genau wusste, dass diese Anschuldigung unsinnig war. Das Opfer konnte nicht antworten, so sehr schmerzten seine Verletzungen.

Da schlug der Zorn über dem Burgherrn wie eine große feuerrote Woge zusammen. Er bückte sich, griff nach seinem Jagdmesser und stach zu, blind, teuflisch, wie irr geworden. Wenn seine Freunde, die unterdessen vom Lärm geweckt, nicht angelaufen und ihm in den Arm gefallen wären, hätte er seinen unschuldigen Kammerdiener wohl ganz und gar zerfetzt.

Der aber war tot.

Man band dem Schlossherrn die Hände und führte ihn in seine Kammer, wo er apathisch auf dem Bette niedersank. Erst allmählich begriff er, was er angerichtet hatte. Seine Seele schmerzte, er hatte den Heinrich gern gehabt. Er hatte schlimm gesündigt, und das alles nur, weil der Alkohol noch in seinem Blute summte und seine Gedanken ins Böse gewendet hatte. Aber so schlau war der Herr von Wolfsthal, trotz all seiner echt empfundenen Reue, dass er sofort seine Verteidigung vorbereitete, während seine Freunde noch ratlos vor seiner Kammertür standen. Wolf Balthasar ließ sich Feder, Tinte und Pergament bringen und verfasste einen Brief für seinen späteren Richter.

Ein Junker suchte unterdessen im Saal nach dem Becher und fand ihn sogleich. Der Hausherr musste ihn selbst auf die

Anrichte gestellt haben, denn die Magd beteuerte, dass sie ihn nicht angerührt habe. Er war unversehrt, was man von seinem angeblichen Dieb nun wirklich nicht behaupten konnte.

Es kam zum Prozess. Der Freiherr bekannte sich schuldig und zeigte sich reuig und verwies auch darauf, dass er an jener Stelle ein Steinkreuz habe errichten lassen, so dass einem jeden, der zum Jähzorn neige, eine Warnung zukäme. Auch wollte er die Erinnerung an seinen Kammerdiener Heinrich Hehdt in Fürth wachhalten, denn solch einen tüchtigen Diener ohne Fehl und Tadel fände man nirgendwo ein zweites Mal.

Er hatte gut gesprochen – der Richter und die Zuhörer waren bewegt im Herzen, die Weiberleut tupften sich mit einem Tüchlein die Augenwinkel, und auch der Redner selbst hatte trunken vor Rührung gesprochen und ließ eine Träne rollen. Weil männliche Tränen aber so selten in jenen Tagen waren, verfehlten sie ihre Wirkung nicht, und das Urteil fiel milde aus. Der Freiherr sollte ein kleines Sümmchen Bargeld zahlen und sich – wenn sich die Gelegenheit ergäbe – am drohenden Krieg gegen die Türken beteiligen. Damit ihn dies nicht über Gebühr aus seinem täglichen Leben entferne, wurde die Zeit seines Kriegsdienstes auf eine Woche begrenzt. Was das bedeutete, wusste ein jeder, der seinen Verstand zu gebrauchen vermochte: Eine Woche Kriegsdienst ist keine Woche Kriegsdienst. Mochten die anderen sich gegen die Türken eine blutige Nase holen – der Unsrige nahm sein altes Leben wieder auf, zahlte mit einiger Verzögerung das Sümmchen, mäßigte sich beim Trinken und ließ sich nach einiger Zeit auch die festgesetzte Woche erlassen, weil sie ja doch keinen Sinn machte.

So ist es eben bis heute – wer klug ist, sorgt rechtzeitig für eine gute Verteidigung; die Gefängnisse sind nur für die Dummen gemacht. Und noch eines hat sich nicht geändert: Wer tot ist, der steht nie mehr auf. Da gibt es – bis zum Jüngsten Gericht – kein Urteil, ob streng oder milde, das diese Sache verändern könnte.

# Der Tod im Boot

Im vierzehnten Jahrhundert wütete die Pest überall in Europa, und so kann es nicht überraschen, dass auch Fürth nicht davon verschont blieb. Der Ritter Rapoto von Külsheim, dessen Burg in Burgfarrnbach lag, hatte viel davon gehört, und so sah er mit großem Misstrauen, dass seiner geliebten Frau unwohl war und sie fieberte. Es dauerte nur zwei Tage und zwei Nächte, bis aus der Ungewissheit die furchtbare Wahrheit wuchs: Die edle Frau lag mit dem schwarzen Tod auf dem Bette, und ihr Untergang war gewiss. Rapoto war untröstlich, denn er liebte seine Frau und seine Tochter über alles. In seiner Verzweiflung glaubte er, dass weder Ärzte noch Heiltrünklein helfen würden, helfen konnte nur, wenn Gottes Wille eine Änderung erfuhr. So gedachte er denn, Gott anzurufen und ihn zu bitten, die Pest vom Hause Külsheim abzuziehen. Gott, so glaubte er, ließe sich am besten in einer Wallfahrtskirche erreichen; allein, es gab keine in der Nähe. So schien ihm denn die Martinskapelle zu Fürth die geeignete Lösung, und er bat seine Tochter – da er selbst die Pflege seiner Frau nicht unterbrechen wollte – sich dorthin zu begeben und zu beten.

Das Fräulein war willig und rüstete sich zum Aufbruch. Da Rapoto aber seit Tagen nicht aus dem Krankenzimmer gekommen war, wusste er nicht, dass draußen vor der Burg eine große Überschwemmung war; der Fluss war über die Ufer getreten und hatte Felder und Wiesen und den Weg nach Fürth unter Wasser gesetzt. Die beiden Knechte, die die junge Dame begleiten sollten, schüttelten betrübt die Köpfe: Da hindurch würde keiner kommen! Das Fräulein von Külsheim aber war nicht gewillt, so schnell aufzugeben, sie wusste, was auf dem Spiel stand. Zornig wandte sie sich ab und rannte am Rande des Wassers entlang, ob sich nicht doch irgendwo ein

Überweg böte. Der Saum ihres Kleides wurde nass und ihre Stiefelchen schlammig, aber sie gab nicht auf. Sie würde Gott dazu bringen, den Sensenmann zurückzurufen, ihre Mutter gesund und ihren Vater wieder froh zu machen. Und da Gott mit den Mutigen ist, erfuhr sie Hilfe: Sie fand ein kleines Boot, das herrenlos auf dem Wasser trieb. Mit Stöcken und Zweigen angelte sie danach, hatte es bald ans Ufer gezogen und sprang hinein. Als die Knechte das sahen, schämten sie sich. Sie eilten herbei und stiegen zu ihr in das kleine Boot, um sie zu rudern. So gelangten sie auf dem Wasserwege zur Martinskapelle, und das junge Mädchen sank vor dem Altar auf die Knie und betete, wie es ihr Auftrag war.

Zu Hause wartete der Ritter auf ihre Rückkehr. Es war ihm, als sei alles gut gegangen, denn seine Frau atmete schon leichter. Voll freudiger Erwartung riss er die Fenster auf und spähte hinaus. Da gewahrte er die Wassermassen, und eine ungute Ahnung keimte in ihm auf. Er entschloss sich, seine geliebte Frau eine Weile für sich allein ruhen zu lassen, und eilte hinunter in den Burghof, um sein Pferd zu besteigen und seiner Tochter entgegenzureiten. Er war noch nicht lange geritten, als ihm von Fürth her ein langer Trauerzug begegnete. Der Ritter strengte seine Augen an und gewahrte inmitten des Zuges eine Bahre, auf der ein Toter lag. Schon wieder hat die Pest einen geholt, dachte er bei sich, und dann sah er eine zweite Bahre. Und noch einen, meinte er traurig zu sich selbst, und die Unruhe wegen seiner kranken Frau befiel ihn aufs Neue. Nun teilte sich die Menge, und er erblickte eine dritte Bahre: Darauf lag seine Tochter, in schmutzigen Kleidern und mit nassem Haar. Er sprang vom Pferd und beugte sich über sie: Sie war tot.

Eine Frau trat aus der Menge und erzählte ihm, was geschehen war. Auf der Rückfahrt von der Kapelle sei das kleine Boot in einen Strudel geraten, die Knechte hätten vergeblich versucht, es anzuhalten, indem sie nach überhängenden Zweigen

griffen, da sei es gekentert und habe alle drei in die Tiefe gerissen. Man habe sie nur noch ertrunken bergen können.

Da stürzten dem Ritter die Tränen aus den Augen, und er vermochte sich kaum zu fassen. Er schwor, dass er das niemals gewollt habe, und versprach den braven Leuten, die ihn voller Mitgefühl betrachteten, dass er an genau dieser Stelle eine Martersäule errichten werde, die auf immer an den Opfergang des Mädchens und seiner Knechte erinnern sollte. Dann sprach er demütig ein Gebet und ritt zu seiner Frau. Als er die Tür zum Krankenzimmer öffnete, sah er, dass seiner Tochter Opfer nicht umsonst gewesen war: Die Augen seiner Frau waren klar, das Fieber war gesunken und der schwarze Tod war geflüchtet.

Die Wege des Herrn sind unergründlich – dem einen nimmt er, was ihm das Liebste ist, dem andern gibt er, was dieser sich ersehnt. Und manchmal geschieht eben auch beides zur gleichen Zeit. Auch die Überschwemmungen sind Gottes Wille. Sie sind seltener geworden, aber sie kommen immer noch vor. Dort, wo sich damals Rapoto und der Trauerzug begegneten, verläuft heute die Friedrich-Ebert-Straße in Fürth. Und dort steht, so manches Mal unbeachtet im Getöse der Welt, die Martersäule noch heute.

## Der untreue Klosterbäcker

Einmal nur war Langenzenn, der hübsche Ort zwischen Nürnberg und Neustadt, in seiner Geschichte der Mittelpunkt des ganzen Reiches: 954 hielt König Otto der Große seinen Reichstag hier ab. Zahlreiche Kronvasallen sollen damals zum Geleit des Königs nach Langenzenn mitgezogen sein, das Cinna oder Cenna – nach dem Flüsschen Zenn – geheißen haben soll.

Danach aber wurde es ruhiger um den Ort, und an der Stelle des alten Königshofes wurde das große Kloster errichtet, von dem man heute noch den schönen Kreuzgang sehen kann. Und wiederum später wurde Langenzenn der Ort des gefürchteten markgräflichen Halsgerichtes: Hier wurden die schweren Kriminalfälle aus dem Umland verhandelt. Kein Wunder, dass dort auch Pranger, Stock und Galgen nicht fehlten.

Von einem solchen Kriminalfall soll die Rede sein: Vor dem Propst des Chorherrenstiftes erschien eines Tages ein Bruder und berichtete aufgeregt, dass immer wieder Säcke aus dem Mehlvorrat der Klosterbäckerei verschwänden. Der Propst wollte es zuerst nicht glauben, aber der Bruder führte ihn in die Mehlkammer, deutete auf die Säcke, zählte sie, sah in das Registrierbuch, wieder zu den Säcken hin und führte so redegewandt Beweis, dass der Propst ihm glauben musste. Der brave Bruder wusste auch gleich, dass nur einer als Dieb infrage käme: Der Bruder Bäcker selbst, denn nur er besaß die Schlüssel zu den Vorratskammern und alle wüssten, so sagte er, dass der Klosterbeck eng am Geld hinge, ganz und gar unvereinbar mit seinem Gelübde.

Der Propst wiegte das Haupt. Ihm gefielen weder die verschwundenen Säcke noch die eilfertige Anklägerei des Bruders. Beides schien ihm nicht nach dem Gelübde zu sein. Er

versprach, sich der Sache selbst anzunehmen und ließ nach dem Bruder Bäcker rufen. Der Klosterbeck trat ein. Er hörte sich die Geschichte an, ließ sich keinerlei Unruhe anmerken, senkte demütig den Kopf und sagte: „Ich war es nicht, so wahr mir Gott helfe! Wenn ich nur so viel gestohlen hätte, wie eine Maus in einer Nacht frisst, dann soll mich Gottes Strafe auf der Stelle treffen!”

Der Propst wies ihn zurecht, der allmächtige Gott habe wahrhaftig anderes zu tun, als über seine zänkischen Klosterbrüder zu wachen. Der Klosterbeck solle gehen und weiter backen, er glaube ihm, und die Sache sei vergessen. Man werde aber in Zukunft die Säcke genau zählen, und er solle hurtig melden, wenn wieder einer fehle. Sollte er aber doch selbst der Verursacher des Mehlschwundes sein, so solle er hingehen und still Buße tun, so lange es noch Zeit sei.

Gottes Mühlen mahlen langsam. Die Wochen vergingen und nichts geschah; die Zahl der Säcke stimmte, die Brote schmeckten nicht nach Wasser. Auf den Tag genau ein Jahr später aber stürzte der Klosterbeck und fiel tot zu Boden – in der Mehlkammer!

Da wussten die Brüder, dass er es doch gewesen war, und grummelten und murmelten gegen den Propsten. Der aber ließ die arme Seele, die nicht rechtzeitig auf den rechten Weg gefunden hatte, im Kreuzgang neben der Kirchenmauer begraben und gab den Steinmetzen einen schönen Auftrag: Sie sollten eine Brezel aus Stein meißeln, damit sich jeder Bruder beim Gang durch die luftige Halle an den unglücklichen Klosterbeck erinnerte und nicht auf schlechte Gedanken käme – bis heute ist die Brezel auf seinem Grabstein zu sehen.

Auch der Klosterbeck sieht sie von unten und kann seinen Frevel weder vergessen noch ungeschehen machen. Und damit nicht genug, denn er hatte seine Tat an einem Ort begangen, der in besonderer Weise der Rechtssprechung gewidmet war. Zwischen Mitternacht und ein Uhr muss er nun, einen schweren Mehlsack auf dem Buckel, einmal durch den Kreuzgang schlurfen. Wie das ächzt und stöhnt in dem alten Gemäuer!

Das geschieht stets dann, wenn jedermann schläft, deshalb ist es bis zum heutigen Tag noch keinem, Langenzenner oder nicht, gelungen, mit ihm zusammenzutreffen; obwohl es doch viele gibt, die zu ihm passten.

## Die Teufelsmauer in Falkenstein

In Falkenstein, in der Nähe von Herzogenaurach stand einst eine Burg, die dem Ritter Feigherz gehörte. Der war zwar ein stattlicher Mann, aber ein Hasenfuß: Den schwachen Frauen tat er schön, vor den starken Männern hatte er jedoch Angst. Deshalb war er überall unter dem Namen Feigherz bekannt geworden; wie er wirklich geheißen hat, weiß heute keiner mehr. Er besaß ein hübsches Töchterchen, war aber mit seinem Vermögen unzufrieden und überfiel Wanderer, Stadt- und Landleute und andere Burgherren, wenn ihm die Gelegenheit günstig schien. Kurz, er war ein Raubritter, genauso wie der berühmte Eppelein von Gailingen einer gewesen ist. Hernach tat er sich immer groß mit seinen Heldentaten, aber jeder wusste, dass die Hälfte davon gelogen war, weil er in Wirklichkeit Fersengeld gab, wenn es gefährlich wurde.

Eines Tages schien ihm das Schicksal günstig: Nicht weit von Falkenstein gab es eine Burg, deren Burgherr gegen Nürnberg gezogen war. Flugs beschloss Ritter Feigherz, sich dorthin zu begeben und zu holen, was zu holen war, denn niemand würde ihn aufhalten können, wenn keiner zu Hause war. Gesagt, getan. Man plünderte, was das Zeug hielt und lagerte hernach in den Kellern der Nachbarburg, wo viel Wein aus den Fässern gezapft werden konnte.

Als der wahre Burgherr am darauffolgenden Tag aus Nürnberg zurückkehrte, wusste er sofort, wer ihm da auf so üble Weise geschadet hatte.

„Das soll er mir büßen!", rief der Herr wutentbrannt. „Damit soll mir der feine Nachbar nie und nimmer davonkommen!" Und er sammelte ein geordnetes Heer, zahlreiche Männer und Rösser, Waffen und Wagen und zog vor Feigherzens Burg. Der stand am Fenster und beobachtete den

Aufmarsch, und seine Knie fingen an zu zittern. Er rang die Hände, umarmte sein honigblondes Töchterchen, schalt seine Frau, trat seine Hunde und wusste doch, dass ihn nun nichts und niemand mehr retten konnte.

In seiner äußersten Not brüllte er über den Burghof, so dass es alle hören konnten:

„O weh mir Armem, Schmach und Tod!
Wer rettet mich aus solcher Not?
Mein Hab und Eigen werde sein
Und meine Tochter obendrein!"

Allen, die dies hörten, lief es kalt über den Rücken, hatte doch da einer solche Angst, dass er sogar sein eigen Fleisch und Blut, das er nach Recht und Pflicht zu schützen hatte, feilbot wie einen Laib Brot.

Es tat einen Donner und ein riesiger Mohr stand im Burghof, so als ob er direkt aus dem heißen Erdinnern aufgetaucht wäre. Er funkelte mit den schwarzen Augen und bot dem Falkensteiner ein Geschäft an: Er werde ihm über

Nacht eine riesige Mauer um die Burg ziehen, so dass kein Feind, und sei er auch noch so findig oder noch so gut bewaffnet, darüber käme. Und er wolle auch keine Güter dafür, nur das schöne Fräulein Tochter, das müsse er ihm versprechen.

Das zierliche Mädchen wurde bleich, konnte es sich doch nicht vorstellen, wie es wäre, mit einem grausligen Mohren zusammenzugehen, aber es wurde auch gar nicht gefragt.

Ritter Feigherz atmete durch, vermied es, seine Frau und sein Töchterlein anzusehen, und entgegnete schlau, dass der Pakt geschlossen sei, aber nur zur Wirkung käme, wenn die neue Mauer auch wirklich vor dem Sonnenaufgang fertig sei.

Der Mohr nickte, spuckte in die Hände und fing mit der Arbeit an. Das Töchterchen sperrte sich im Westflügel ein und weinte sich die Augen aus, Ritter Feigherz aber ließ sich einen Becher Wein kommen.

Während draußen die Angreifer ihre Zelte aufschlugen und die Sensen nachschärften und im Burghof der Mohr fluchte und schaffte, saß der Falkensteiner beim Wein und dachte nach, ob er es wohl richtig gemacht hätte. Sein einziges Töchterlein! Einem Mohren versprochen! Ob das klug gewesen war? Wahrscheinlich würde seine Frau nie wieder ein Wort mit ihm wechseln, und die Weiber auf den umliegenden Gütern würden ihm den Rücken kehren, wenn er sich ihnen näherte. Sie hatten schließlich selber Töchter, und sie wussten ebenso gut wie alle anderen, dass er hier nicht mit einem bloßen Mohren, sondern mit dem Leibhaftigen verhandelt hatte. Und er seufzte und klagte und sah zum Himmel, ob ihm von dort keine Hilfe käme.

Schließlich erbarmte sich ein alter Knecht seiner. Er kam in des Burgherren Zimmer und erzählte ihm von dem vor Generationen angelegten Geheimgang, der aus der Speisekammer hinaus und unter dem Burghof hindurch ins freie Feld führte.

Dorthin, so sagte er, müssten sie nur fliehen: Dann bekäme der Teufel das Töchterlein nicht zu fassen und der Nachbar nicht den Ritter Feigherz in die Finger. Der Ritter sah, dass das ein guter Plan war. Sofort machten die drei sich auf den Weg, der von Fledermäusen und Spinnweben versperrt war, aber tatsächlich nach einiger Zeit des Schauderns und Zagens hinter die feindlichen Linien führte. Inzwischen war es schon fast hell geworden und man sah im fahlen Morgendämmern, dass die Mauer, die der Mohr gebaut hatte, gar riesig war. Es fehlten nur noch zwei, drei Steine – dann wäre sie fertig.

Da handelte der findige Knecht, der seinem Herren, dem Falkensteiner, treu ergeben war. Er blies die Lunge voller Luft und schrie aus vollem Halse über die schlafenden Felder: „Kikeriki! Kikeriki! Kikeriki!"

Der Mohr wandte ungläubig den Kopf, aber schon war es zu spät. Mit einem gewaltigen Schlag stürzte die Mauer in sich zusammen. Der Knecht, der Ritter Feigherz und sein Töchterlein sanken auf die Knie und dankten Gott, dass er sie – auf dem Umweg über einen Geistesblitz – gerade noch rechtzeitig von dem Leibhaftigen befreit hatte. Als der Staub sich gelegt hatte, waren auch die Angreifer fort, und die Falkensteiner konnten getrost nach Hause zurückgehen.

Ob er davon klüger wurde, der Raubritter Feigherz, ist nicht überliefert. Wohl aber kann man bis heute die Riesenfelsen in Falkenstein sehen – wahrlich nur ein sehr kleiner Rest, der von der Teufelsmauer übrig geblieben ist.

## Die drei Nixen

Auf der alten Burg in Herzogenaurach wohnte einst ein Ritter, der die Jagd liebte. So mancher Rittersmann ging in dieser Zeit in den Wäldern auf die Pirsch, am frühen Morgen oder in der späten Dämmerung, wenn das Wild zum Äsen in die Lichtung kommt. Unser Ritter aber war so beseelt vom Jagdgedanken, dass er auch Nachts nicht ruhen mochte; zudem hatte er keine Frau und fand es in seinem Bette im Dunkeln recht einsam.

Eines Nachts, es war eine wunderbar warme Mittsommernacht, begab er sich wieder hinaus. Er wollte Eulen fangen, was kein leichtes Vorhaben ist, da diese Tiere scheu und schlau sind. Er ritt zum Vogelherd am Eichenbrunnen, band sein Ross fest, erklomm die große Eiche, spannte ein Netz und setzte an, die klagenden Rufe der Nachteule nachzuahmen. Er dachte bei sich, dass dies wohl andere Eulen anlocken könnte, die dann zu ihm flögen und sich in seinem Netz verfangen würden. Allein, es tat sich nichts, die Eulen waren schlauer, und der wackere Ritter kam sich allmählich selbst ein wenig sonderbar vor, wie er da so im Baum hockte und klagte.

Plötzlich erschien ihm zwischen den Zweigen ein holdes Frauenantlitz mit langen blonden Haaren und vergissmeinnichtblauen Augen. Er wusste sofort, dass dies eine Fee sein müßte, denn er hatte schon viel von Feen gehört, die im Wald zu Hause wären. Die Fee hob eine zartgliedrige Hand und machte ihm ein Zeichen, dass er vom Baum herabsteigen solle, um ihr zu folgen. Er tat es – so schnell er es vermochte. Die Fee lächelte sanft, als er wie ein tollpatschiger Braunbär durch die Zweige brach. Auf dem Boden ergriff sie sodann seine Hand und führte ihn zu dem Brünnlein. Er konnte seinen Augen kaum glauben: Im frischen Wasser tummelten sich drei Nixen, eine schöner als die andere. Sie trugen einen grüngold schimmernden Schuppenschwanz, mit dem sie sich hurtig durch das Wasser schlängelten. Ihre Haare bestanden aus feuchten Ringellocken, eine war blond-, eine braun- und eine schwarzhaarig. Und was das Allerbeste war – unserm Ritter schlug das Herz bis zum Halse –, als er es erkannte: Sie waren völlig unbekleidet. So etwas hatte er noch nie gesehen! Die Nixlein genierten sich nicht im Geringsten, sie tauchten unter und sprangen hoch, so dass das Wasser wie Perlen durch die Luft sprühte, lachten und jauchzten. Nicht satt sehen konnte er sich an ihren weißen Schultern, ihren zarten Mädchenhälsen, ihren roten Wangen und ihren feucht glänzenden Lippen. Sie warfen Küsse in die Luft und bedeuteten ihm, doch zu ihnen ins Wasser zu steigen und mit ihnen herumzutollen. Erst zögerte er, aber dann übermannte ihn die Lust nach einem frischen Bade. Er stieg aus seinen Jägerhosen und sprang mit einem freudigen Schrei zu ihnen in den Brunnen. Vergessen waren da die Eulen und anderes Jagdwild – nun wollte er sich mit den Nixlein vergnügen. Kaum aber war er im Wasser, da schwammen sie zu ihm, überschütteten ihn mit Küssen und drückten ihm zärtlich den Kopf unter Wasser. Ach, Nixen wissen nicht, dass Menschen Luft zum Atmen brauchen – sie zogen ihn tiefer und tiefer hinunter und schließlich war es um den Ritter geschehen. Er ertrank elendiglich, wenn auch in schönster Gesellschaft.

Wer heute aus Herzogenaurach kommt und in einer hellen Mondnacht am Eichenbrunnen vorbeikommt, der soll an die Geschichte denken. Und damit er's wirklich nicht vergisst, soll er auch die Ohren aufsperren: durch die Bäume hört man dann den törichten Rittersmann klagen und stöhnen und nach Luft ringen. Wer ganz mutig ist, der kann jetzt einen Blick riskieren. Wer sich über den Brunnen beugt – aber nicht zu weit, nicht zu weit! – der kann drunten den bleichen Leichnam des Ertrunkenen liegen sehen. Die kessen Nixlein aber sind verschwunden, anderswo Mannsbilder zu verführen.

## Der Teufel in der Sänfte

Die schöne Stadt Erlangen stand in dem Rufe, besonders gute Krankenhäuser zu haben, was mit der dortigen Universität zusammenhing. Über die Jahre hatten die Erlanger sich an den Anblick der Sänften gewöhnt, auf denen die Patienten in die Kliniken hinein- und, wenn es gut ging, ohne sie wieder herauskamen. Ja, sie hatten diesen Sänften sogar einen Spitznamen gegeben, den es nur in Erlangen gab: Man nannte sie die Putsches'n. Manch einer hat sich durch Putsches'n-Tragen einen kleinen Extraverdienst nebenher verschaffen können.

Zwei solcher Träger hatten einmal einen ganz besonders beleibten Patienten transportiert, und so waren sie froh, als sie endlich am Eingang der Klinik angelangt waren und der Patient von den Ärzten und Schwestern übernommen wurde. Sie rieben sich die krummen Rücken und streckten sich, steckten sich Rauchzeug an und machten eine Pause. Die Putsches'n stellten sie derweil in die Sonne; sie würden sie hernach wieder aufnehmen, um dem nächsten Auftrag nachzukommen. Während sie auf diese Weise ihrer Erholung dienten, kam ein Schlotfeger daher, der ein lustiger Geselle war und gern einmal einen Scherz machte. Als er das leere Gestell sah, schlüpfte er flugs hinein und zog die Tücher über sich zu.

Die Träger gingen wieder an ihr Geschäft. Sie griffen nach den Halteseilen und hoben die Sänfte an, um sie durch den Schlossgarten zu tragen. Nach einer kleinen Weile fanden sie die Putsches'n absonderlich schwer, und so setzten sie sie ab, um sich den Schweiß von der Stirne zu wischen. „'S ist grad, als ob der Teifel drin hocket!", sagte der eine zum anderen. „Woll'n mer mal neigucken!", meinte der andere, der glaubte, man habe ihnen im Krankenhaus schon den nächsten Patienten mitgegeben. Er schlug die Tücher zurück und machte sogleich entsetzt einen Satz nach hinten: Da grinste ein pechschwarzes Gesicht heraus, wie er noch keines gesehen hatte. Tödlich erschrocken nahmen die beiden die Beine in die Hand und machten sich davon, so schnell sie konnten. Da hatten sie doch tatsächlich dem Leibhaftigen in die Augen geblickt! Sie schrien: „Da hockt der Teifel in der Putsches'n!" Und überall blieben die Leute verwundert stehen und bekreuzigten sich, wenn sie katholisch waren. Sie gafften und starrten auf die Putsches'n und hätten doch zu gern selbst hineingeschaut, wenn sie es nur gewagt hätten. Dem Schornsteinfeger wurde es nun doch bang zumut, und er verließ eilends die Sänfte und mischte sich unter die Leute. Auch er rief nun: „Der Teifel! Der Teifel ist krank!", und tat wie die anderen.

Inzwischen waren die Träger bei der Polizeistation angelangt, wo die Putsches'n verwahrt wurden und hatten ihr Geschichtlein erzählt. Die Obrigkeit beschloss, den Teufel dingfest zu machen und nach Ausweis und Pass zu befragen. So marschierten sie denn in Begleitung der beiden Träger zu der Putsches'n, um die sich nun ein Kranz Schaulustiger versammelt hatte. Als der mutigste Polizist forsch das Tuch zurückschlug, war nichts mehr darin. Ein Raunen ging durch die Menge, und dann flackerte hier und da ein Lachen auf und am Ende hallte der ganzer Platz vom Gelächter der Erlanger Bürger wider. Man hielt sich die Seiten und tat amüsiert, obwohl doch mancher noch eine Minute zuvor ein ganz gewisses Grauen gefühlt hatte.

Nur die Polizei fand es nicht lustig und zitierte wenig später den Schlotfeger auf die Wache. Der nämlich hatte seinen Scherz so gut gefunden, dass er darüber nicht schweigen konnte, und in der Wirtschaft herumgeprahlt. Wer zuletzt lacht, lacht am besten, sagte sich die Obrigkeit, und verurteilte ihn zu einer Strafe. Weil sie aber doch Humor hatten, war die Strafe nicht hart und der Schlotfeger erzählte noch lang davon, wie er einmal als kranker Teufel in der Putsches'n durch den Schlossgarten von Erlangen getragen wurde.

## Das versunkene Schloss

Höchstadt liegt an der Aisch und ist von vielen Fischwassern umgeben – die Aischgründer Karpfen sind eine wohlbekannte und höchst wohlschmeckende Speise, die man zur rechten Zeit in allen Dorfwirtschaften der Gegend bekommen kann. Eines dieser Gewässer nennt man die „Altlach". Dort soll vor vielen, vielen Jahren einmal ein herrliches Schloss gestanden haben.

Und wie es mit verschwundenen Schlössern oft der Fall ist: Darinnen war alles aus Gold, die Wasserhähne, die Spiegelumrahmungen, die Türgriffe. Und aus Silber waren die Bestecke, die Vasen und die Geländer, und von den Kronleuchtern hingen Brillianten in Tropfenform herunter. In den zahlreichen Spiegeln spiegelten sich wunderschöne junge Frauen, sieben an der Zahl, alle jungfräulich, alle wunderschön, alle grausam und hartherzig. In diesem Schlosse feierten sie die schönsten Feste, doch die Höchstädter Bauern und Bürger luden sie niemals dazu ein.

Als eines Abends einmal ein alter, müder Bettler an des Schlosses Tor rüttelte, schwirrte Gesang und Gelächter durch die Flure und keiner hörte, dass da jemand Einlass begehrte. Der Bettler fand das Tor zu seiner Überraschung unverschlossen, ging hinein und öffnete die nächste Tür. Er stand unversehens in einem großen Ballsaal, in dem sich die Jungfrauen mit ihren Galanen im Tanze drehten und zwei Musikkapellen aufspielten. Als der arme Alte die herrlichen Speisen sah, die unbeachtet auf den Anrichten standen, Täubchen und Karpfen, Forellen und Wildbret, Trauben und Kuchen, da traten ihm vor Hunger die Tränen in die Augen. Weil er aber nichts Gutes von den Schlossherrinnen gehört hatte, entschloss er sich, vorerst nur demütig um ein Stückchen Brot zu bitten.

Wenn sie ihm dann mehr von ihren Herrlichkeiten anbieten würden, könnte er immer noch zulangen, dachte er bei sich.

Weit gefehlt! „Mach, dass du wieder hinauskommst!", rief eine der Schönen, die ein rosa Kleid mit üppigen Rüschen trug. „Kein Krümchen sollst du haben!", fauchte eine andere, deren blondes Haar kunstvoll aufgesteckt war. „Betteln und Hausieren verboten!", kreischte eine dritte und bog sich vor Lachen, als habe sie einen guten Witz gemacht. Und eine Schwarzhaarige mit einem schönen langen Schwanenhals zischte: „Wenn du nicht sofort deine Beine in die Hand nimmst, dann hetze ich die Hunde auf dich!"

Da richtete der Alte sich auf; er war von beachtlicher Größe. Er hob die Arme weit über den Kopf und rief mit einer Stimme, so tief und so furchtbar, wie sie die leichtfertigen Mädchen noch nie vernommen hatten: „Weh euch! Wer wie ihr kein Mitleid kennt, dem soll Schreckliches widerfahren!"

Dem Fluch folgte ein Schweigen im Ballsaal, die Musiker legten ihre Instrumente beiseite, die Galane blickten zu Boden, und die Spiegel warfen die blassen Gesichter der sieben Schönen zurück. Wie weiteten sich ihre Augen, als sie miterleben mussten, wie sich der Greis plötzlich in Luft auflöste! Und bevor sie noch begriffen, wie das geschehen konnte, fuhr ein Wind durch die offenen Fenster, blies die Vorhänge in die Kerzen, fegte die Speisen von den Tellern, riss die Spiegel von den Wänden, zerfetzte die Steckfrisuren und wirbelte die Brillanten, das viele Gold und Silber und die Musikinstrumente durch die Luft. Dann wurde es dunkel und nur das furchtbare Geräusch von tosendem Wasser ließ sich vernehmen: Schwarz und unaufhaltsam floss das Aischwasser an den Wänden des Schlosses hinauf, spülte über die Fensterbrüstungen und füllte Saal um Saal. Die sieben Jungfrauen, ihre Galane und alle, die dagewesen waren, ertranken. Retten konnte sich niemand.

Altlach – das ist ein Tümpel an der Stelle, an der einmal ein herrliches Schloss gestanden haben soll. Hierhinein soll das Wasser wie in einen Mahlstrome gezogen worden sein – übrig geblieben sind der Tümpel und die Fische darin. Wer es mit dem Angeln versucht ... Vorsicht, dass er kein Nixlein herausfängt! Es wär kein gutes, sondern ein ganz furchtbar garstiges Höchstädter Fräulein.

## Die Seherin von Lonnerstadt

Unweit von Erlangen liegt in nördlicher Richtung Lonnerstadt, und dicht am Ort, im Eichwald, befindet sich der Wolfsgraben. Das ist eine tiefe Schlucht; hier in den Wäldern hatten früher neben den Erlangern auch die Höchstädter Grundbesitz. Gleich in der Nähe liegt auch der Lauberberg mit der Kapelle des Heiligen Antonius'.

In den Wäldern, so sie noch bestehen, sieht man nichts außer Holz, Pilzen und Sträuchern. Man weiß auch nicht, ob da früher noch etwas anderes gewesen ist, aber man erzählt sich, dass hier an dieser dunklen Schlucht das Schloss der Sibylla Weiß gestanden haben soll. Jeder in Franken hat von Sibylla Weiß gehört; von ihr heißt es nämlich, dass sie in die Zukunft hatte sehen können, und vieles ist später so eingetroffen, wie sie es vorausgesagt hatte.

So weissagte sie zum Beispiel vor vielen hundert Jahren schon, dass wir einmal mit Flugzeugen große Strecken überwinden würden. Sie hatte nämlich mit ihren großen Augen in die Ferne gesehen und eine Vision gehabt: „In tausend Jahren werden die Menschen durch die Luft fahren."

Aber auch über andere Verkehrsmittel muss sie sich damals schon so ihre Gedanken gemacht haben. Es ist überliefert, dass sie davon sprach, dass dereinst die Wege eisern sein würden. Und was kann sie anderes gemeint haben als die Eisenbahnen, von denen ja die erste in Deutschland zwischen Nürnberg und Fürth gefahren ist?

Sie wusste auch, dass irgendwann die Bauern keine Zugpferde mehr zum Ackern bräuchten, und dass in der Zukunft alle Städte Deutschlands einmal völlig zerstört würden. So sind dann tatsächlich aus England und Amerika erst die Traktoren gekommen; und später kam das moderne Kriegshandwerk auf, mit seinen Bomben, die auf viele deutsche Städte gefallen sind. Wer daran schuld sein würde, das hatte die Sibylla damals nicht gesagt; wir aber wissen heute, dass wir es selbst gewesen sind, die dieses Unglück über uns geholt haben.

Die Sibylla muss eine unruhige, pessimistische Frau gewesen sein, denn sie hat alle technischen Neuerungen, die sie so richtig vorhergesehen hat, mit der Ahnung verknüpft, dass kaum jemand mehr in die Kirche gehen würde, und auch damit hat sie bedauerlicherweise fast recht gehabt. Dass dies aber zur völligen Verderbnis unseres Landes führen sollte – das ist noch nicht bewiesen.

Besonders bekannt sind ihre Voraussagen über die allerletzte Schlacht geworden, die im nördlichen Frankenwald zwischen dem Herrscher des Ostens und seinen wilden Horden und dem Herrscher des Westens stattfinden sollte. Wer mehr darüber wissen will, kann es nachlesen: Es gibt einen Roman von Leo Weismantel, der über die Sibylla geschrieben wurde: „Die Sibylle – Geschichte einer Seherin."

Bis heute ist nicht klar, woher diese Frau gekommen sein mag. Manche haben später wissen wollen, dass sie aus Ulm gebürtig gewesen wäre, sich herumgetrieben hätte und schließlich aufgrund ihrer wilden Reden wegen Hexerei in Erlangen an den Pranger gestellt worden sei. Damals hat man ja viele unschuldige Frauen als Hexen verfolgt, weil jemandem ihr Gesicht nicht gefallen hat, ihr Blick oder eben ihr Gerede. Wer nichts hatte und nichts galt, dem konnte so etwas leicht passieren.

Andere, Skeptiker vielleicht, behaupten, dass es sie womöglich überhaupt nicht gegeben habe. Sie glauben, dass fränkische Schriftgelehrte, die die „Zwölf Sibyllen Weissagungen", ein Kultbuch aus vergangener Zeit, studiert und weitererzählt haben, am Schluss selbst durcheinander gekommen sind. Da hat jemand vielleicht den korrekten Titel vergessen, hat ähnliche Worte gefunden, und am Ende hat's geklungen, als stecke der Name Sibylla Weiß darin. Der Nächste hat sich eine weise Frau darunter vorgestellt, sie dem Dritten beschrieben, der hat's geglaubt und dem Vierten erzählt, und so ist schließlich, ganz allein aus einer Gedächtnislücke heraus, eine Frau erstanden, deren Worte uns noch heute umtreiben.

Andere wieder meinen, sie sei eine Adelige aus der Wetterau gewesen, die viel in den Wäldern um ihr Lonnerstädtisches Schloss gewandert sei und durch ihre Reden den Leuten Angst gemacht habe.

Einer Überlieferung zufolge wollte sie bei ihrem Tod dicht an der Kapelle des heiligen Antonius auf dem Lauberberg begraben sein, die man vom sagenhaften Schloss her habe sehen können und zu der sie oft hinspazierte.

Und dann hat sie eine letzte Prophezeihung vorgenommen: „Sobald mein Grab von der Mauer weicht, so dass ein Reiter darum herum reiten kann, bricht der Jüngste Tag an." So soll sie gesprochen haben und gleich hernach gestorben sein.

Eilig hatte man ihren Wunsch erfüllt, weil sie mit ihren Visionen dem Volk nicht geheuer war. Man erzählte sich nämlich auch schon, dass sie mit dem Teufel Dispute gehabt hätte, und das ließ jedermann vorsichtig werden. Man begrub sie also ganz nach ihren Wünschen und bettete sie dicht an der Außenwand der Kapelle zur letzten Ruhe.

Weil es aber im Folgenden zu andauernden Regenfällen kam, schwemmte die lose Erde des Grabhügels bergab. Weiter unten sammelte sich der Boden und bildete einen Haufen. Und so ging es Jahr um Jahr bei Regen, und plötzlich hatte sich weiter unten ein neuer Grabhügel gebildet.

Die Menschen in Erlangen, Lonnerstadt und im ganzen Frankenland erschraken zutiefst. Es ist ja oft so, dass man etwas, das sich schleichend vollzieht, nicht wahrnimmt – und dann plötzlich auf einen Schlag begreift. Sollte jetzt auch noch die letzte Prophezeiung der Sibylla Weiß in Erfüllung gehen? Noch konnte kein Reiter um das Grab herumreiten, aber wenn es heuer noch mehr regnete ...?

Flugs bauten die Lonnerstädter, die ja auch nicht auf den Kopf gefallen sind, eine Kirchhofmauer um die Antoniuskapelle, und sie setzten sie direkt auf der Sibylla Grab.

So kann sie sich jetzt, selbst, wenn sie wollte, nicht mehr von der Stelle rühren, und der Jüngste Tag muss noch ein wenig auf uns - die wir ja alle Sünder sind - warten.

## Der Geißbock auf der Stadtmauer

Das kleine Städtchen Neustadt, hübsch an der Aisch gelegen, die für ihre Karpfenzuchten berühmt ist, hat im Laufe seiner Existenz manch kriegerische Auseinandersetzung bestehen müssen.

Die Burggrafen in Franken verstanden sich ja bestens aufs Erwerben und Erben und vergrößerten so stetig ihren Einflussbereich. Am Anfang des fünfzehnten Jahrhunderts rückte die Nürnberger Burggrafschaft durch kaiserliche Belehnung in die Mark Brandenburg ein; auch wenn es den Franken nicht viel mehr als den neuen Titel „Markgrafen" einbrachte, so führte es doch zu einer engeren Beziehung zum Brandenburgisch-Preussischen. Zwei Brandenburger Markgrafen, die viel Platz in der Geschichte beansprucht haben, hat es im Fränkischen gegeben: die beiden Albrechte. Der eine, der Besonnenere, wurde Achilles genannt, der andere Alcibiades. Beide stritten viel mit den umliegenden Fürstenhäusern.

So ist denn wieder einmal der Ludwig von Bayern gegen den Achilles gezogen, und bei dem Städtchen Neustadt sollte die Sache alsbald entschieden werden. Ludwigs Mannen belagerten die Stadt.

Für die Bürgerinnen und Bürger kam das überraschend. Für ein paar Tage hatten sie zwar Vorsorge getroffen, aber auf eine längere Belagerung waren sie nicht eingerichtet. Zunächst blieben noch zwei Zufahrtswege offen, und so konnten sie schnell noch ein paar Säcke Getreide für die tägliche Aufgabe der Bäcker heranschaffen, dann aber entdeckten die Bayern auch diese Lücke und schlossen sie.

Ausgevespert! Die Neustädter erschraken. Wovon sollten sie ihre Kinder satt bekommen? Was in die Wassersuppe schnitzeln? Das Brot war längst aufgegessen, das Gemüse schneller

geerntet, als es wuchs, Vieh schon lange keines mehr da, Futter sowieso nicht, und das Obst – eingelagerte Äpfel vom letzten Jahr und Hutzelbirnen – machte nicht satt. Bald heulten die Säuglinge, die Mütter barmten, die Kinder wurden weinerlich und den Männern knurrten hörbar die Mägen. Man lief zum Bürgermeister und besprach sich; schon gab es die Ersten, die für Übergabe stimmten; die Kirche war übervoll.

Aber in Neustadt an der Aisch hat es schon immer tüchtige und tapfere und auch eigensinnige Frauen und Männer gegeben; so schnell war den Neustädtern nicht der Garaus zu machen. Pläne wurden im Bürgermeisteramt vorgeschlagen, erörtert, geprüft und verworfen. Nichts schien die Lage verbessern zu können – es war nur noch eine Frage von Tagen, dann hätten die Neustädter nachgeben müssen. Da trat ein kleiner Mann vor, ein Schneider von Beruf, nicht eben hoch angesehen, aber einer, der sein Auskommen hatte.

„Gebt mir", so sagte er, „eine Ziegenhaut, und ich verspreche euch, dass ich versuchen will, die Sache zu richten."

Nun, da alles, was vernünftig war, nicht mehr helfen würde, konnte man es ruhig auch mit Merkwürdigkeiten versuchen – zu verlieren war ja nichts mehr. Man suchte also nach einer Ziegenhaut und wurde in einer Scheune fündig – da hatte einer vor kurzem die letzte Ziege, ein Geißböckchen war's, geschlachtet, um den Hunger seiner Kinder zu stillen und die Haut an das Scheunentor gespannt, um damit, wenn die Belagerung vorbei wäre, zum Gerber zu gehen.

Der Schneider sperrte sich mit der Ziegenhaut in seiner Werkstatt ein und arbeitete daran, und die Neustädter, die vergeblich versuchten, durchs Schlüsselloch etwas zu erkennen, fragten sich, was er vorhatte, wussten sich's aber nicht zu erklären. Am nächsten Morgen winkte das klein gewachsene Schneiderlein einen Gesellen herbei und der musste ihm das Ziegenkostüm unten am Bauch zunähen. Dann ließ sich der

Schneider, der nun ganz und gar wie ein Ziegenbock aussah, zur Stadtmauer führen. Auf der inneren Seite übte er noch ein wenig das tierische Gehen auf allen Vieren, und als er's konnte, hoppelte er auf die Krone der Stadtmauer und vollführte dort allerlei lustige Bocksprünge und fröhliche Hüpfer. Hierhin und dorthin rannte er, damit sich jeder Soldat unter des Ludwigs Belagerern ein Bild von ihm machen konnte. Und auf der Innenseite der Mauer rannten die Kinder und meckerten, was das Zeug hielt, so dass man den Eindruck haben konnte, hier sei eine ganze Herde zugange. Unter den Soldaten gab es Gelächter und Gewisper, denn das lange Belagern einer Stadt war nicht eben beliebt, weil endlos und ohne Kurzweil. Zumal – man sah es ja schon von weitem! – in Neustadt nicht viel zu plündern und zu feiern wäre, so klein und brav, wie das Städtchen da an seinem Flüsschen lag. Der Befehlshaber kam ins Grübeln: Wenn die Neustädter noch immer so fröhliche und fette Böcklein hatten, so konnte es nicht schlecht um sie bestellt sein, und die Lagerei würde noch länger dauern als angenommen. Ob man da nicht doch besser beraten sei, die Zelte abzubrechen ...

Genau dies hatte sich das tapfere Schneiderlein ausgerechnet. Denn obwohl die Schneider oft krumm von Gestalt und schwächlich um die Brust herum sind, so haben sie doch manchmal die allerbesten Ideen – haben sie doch Zeit zum Nachdenken, während ihre Finger geübt Nadel und Faden führen. Die Geiß ist das Wappen- und Haustier der Schneider, und so ist's kein Wunder, dass dem Schneider von Neustadt die Ziege in den Sinn kam, als er sich den Kopf zerbrach, wie seine Vaterstadt zu retten sei.

Unterm Gejohle der Jugend und den Dankgebeten der Mütter zogen die Bayerischen weiter, um ihr Belagerungsglück anderswo zu finden. Der Markgraf Achilles belobigte die Neustädter ob ihres Listenreichtums, die wiederum ließen den

Schneider hochleben und gaben ein steinernes Böcklein bei einem Steinmetz in Auftrag, das alsbald am östlichen Stadttor, dem Nürnberger Tor, angebracht wurde.

Und im letzten Jahrhundert, als die Stadt Neustadt an der Aisch einmal über ein gut gefülltes Stadtsäckel verfügte, kam noch eine Kunstuhr im Rathausturm dazu, die nicht billig gewesen sein kann: Punkt zwölf Uhr kommt da ein munteres Geißböcklein zum Vorschein, das zum Andenken an die damalige Belagerung ein paar lustige Sprünge vollführt.

## Der Pfarrer auf dem Alten Turm

Bad Windsheim hat viel erlebt, war karolingischer Königshof, Bischofbesitz, freie Reichsstadt und Opfer des Nürnbergischen Markgrafen und der Schweden. In der Nähe des Weinmarktes steht ein Haus, unter dessen Dachrinne ein Hufeisen hängt. So etwas sieht man oft und überall, sagt man doch, dass es Glück brächte. Bei den Windsheimern geht allerdings manches anders als anderswo, und so wird erzählt, dass das Eisen einst am Hufe eines Schwedenpferdes gesessen haben soll. Als der Besitzer des Gauls, der Oberstleutnant Andreas Küchenmeister vom Wank'schen Regiment, siegreich für die Schweden in die Stadt einritt, sollen Ross und Reiter so stolz gewesen sein, dass sie gleich dabei den Windsheimern ihre Rittkünste vorzeigen wollten. So gewaltig hob das Tier die Beine, dass sich das Hufeisen löste und bis zum Dach hochgeschleudert wurde, wo es bis zum heutigen Tag hängen blieb.

Nun, das mag man glauben oder auch nicht. Anders ist's mit der Sage vom Alten Turm, der 1496 mit Fachwerkgeschoss und Pyramidendach neu gebaut wurde. In diesem Turm geht es bis heute um, und das ist nicht gelogen. Es muss gesündigt worden sein, wenn es zu solcherlei andauernder Unruhe kommt.

Die Untat geht bis in die Zeit zurück, in der in und um Windsheim herum Wein gekeltert und nicht Wasser verkauft wurde wie heute. Saure Wochen, frohe Feste - so heißt es, und nach diesem Motto trieben es die Windsheimer. Das ganze Jahr schufteten sie in den Rebhängen, aber wenn die Lese kam, waren sie fröhlich und ausgelassen, gingen spät zu Bett, tranken mehr, als dass sie aßen und sangen bis tief in die Nacht hinein Lieder, die den Rechtschaffenen die Tränen in die Augen trieben.

Nun hat sich die Kirche zum Zwecke der Mäßigung die Sonntagspredigt ausgedacht, und mehr als einmal musste der Ortspfarrer zu kräftigen Worten greifen, um den Windsheimern ins Gewissen zu reden. Aber was er auch redete und wie er auch mit der Hölle drohte – die Windsheimer mochten ihren Wein und vergaßen alsbald, was er ihnen gesagt hatte.

Den Pfarrer wurmte das, und er arbeitete noch sorgfältiger an seiner Predigt, malte die Höllenfeuer in den kunstvollsten Farben aus, schilderte das Jüngste Gericht mit drastischen Worten und sprach immer lauter und eindringlicher. Es änderte sich nichts, ja, die Windsheimer begannen sogar, den Sonntagsgottesdienst auszulassen.

Wenn der Prophet nicht zum Berge kommt, so dachte sich der Pfarrer, so muss der Berg eben zum Propheten kommen, und er verließ sein Gotteshaus und begann, seinen Schäflein vor dem Alten Turm, an dem jeder vorbeimusste, zu predigen. Er sprach von den Tugenden, die über der Freude am Rebensaft nicht zu vergessen wären.

„Kennt der da denn überhaupt die Freuden des Rebensaftes?", fragten sich die jungen Männer und überlegten, ob sie den Pfarrer je beim Weine gesehen hatten. Wie es der Zufall wollte, war jener ein Geistlicher, der den Alkohol nicht mochte, sondern lieber über seinen Büchern saß und mehr als den Weingeist den frommen Geist der Bibelworte schätzte. Das reizte die törichten jungen Burschen, und so planten sie, den Pfarrer und den Wein mit Gewalt zusammenzubringen.

Sie verabredeten sich des Nachts, schlichen sich ins Pfarrhaus, nahmen den Armen gefangen, schleppten ihn zum Alten Turm und trieben ihn die Stiegen hinauf. Oben öffneten sie ihm gewaltsam den Mund. Anstatt der mahnenden Worte, die sonst herausflossen, strömte nun der alkoholreiche Wein hinein, und der entsetzte Pfarrer hustete und schluckte. Was ein Scherz hatte sein sollen, wurde nun grausam: Der Geistliche schluckte und schluckte und war alsbald völlig betrunken. Die jungen Kerle lachten und scherzten, aber dem vollkommen Bezechten ging es schlecht – er wusste nicht mehr, wo oben und unten war, wo Himmel, wo Hölle, wo gut, wo böse, und er übergab sich und sank geschwächt auf die Knie.

Einer der jungen Männer gab ihm noch einen Stoß und so ward der Pfarrer der Länge nach hingestreckt. Jetzt trat ein andrer vor, der sich der Schandtat zu schämen begann, und befahl den Freunden, den armen Mann in Ruhe zu lassen. So hatten sie endlich ein Einsehen und machten sich auf den Heimweg. Sie glaubten, dass der Pfaffe nur seinen Rausch ausschlafen müsse, und danach sei alles wieder in Ordnung.

Aber manchmal greifen die Gedanken der Jugend zu kurz.

Der Geistliche lag ohnmächtig in seinem Schmutz, aber nach einigen Stunden erwachte er und verstand überhaupt nicht mehr, wie er in den Alten Turm hinauf gekommen sein sollte. Zaudernd quälte er sich auf die Knie, dann in den Stand, roch sein nach Alkohol und Galle stinkendes Gewand und erschrak gar sehr. Sein Kopf schmerzte, sein Gleichgewichtssinn war gestört und seine Beine zitterten unter seinem Gewicht. Es drängte ihn, schnell nach Hause zu kommen, um sich reinzuwaschen und in sein Bett zu legen. Ächzend quälte er sich die Stufen hinab. Da stürzte er so unglücklich, dass er sich den Schädel spaltete und nach wenigen Minuten starb.

Groß war der Schrecken unter den Windsheimern, als sie davon erfuhren, und die jungen Burschen, die diesen grausamen Scherz ausgeheckt hatten, trauten sich für Tage nicht aus dem Haus.

Man begrub den Pfarrer und schwor, seinen Worten, wenn schon nicht zu seinen Lebzeiten, so doch danach, Folge zu leisten. Das hielt eine ganze Weile, doch dann ließ der gute Wille nach, denn die Windsheimer sind auch nicht besser als andere Leute.

Damit sie aber nicht ganz und gar vergessen, was geschieht, wenn zuviel gezecht wird, erscheint ihnen der Pfarrer jede Nacht zwischen zwölf und eins im Alten Turm. Er hält sein Gebetbuch in der Hand und spricht mahnende Worte über die Maßlosigkeit. Allein, 's ist wie damals: Man kann sie drunten nicht hören.

## Tilly und der Meistertrunk

Am Pfingstmontag verwandelt sich die weltberühmte, alte Stadt Rothenburg, die mit ihrer Stadtmauer und ihrem mittelalterlichen Stadtzentrum über der Tauber liegt, in ein großes Feldlager. Dann ziehen Männer und Frauen in den Trachten des siebzehnten Jahrhunderts durch die Gassen, lagern Söldner auf den Wiesen, brutzeln Ochsen am Spieß, klappern Becher mit Bier und Wein, spielen Musikkapellen auf, und zahllose Touristen drücken sich durch die malerische Szenerie.

Rothenburg feiert – zur Erinnerung an die wackere Tat des Altbürgermeisters Nusch, der dereinst seine Stadt vor der Zerstörung durch die kaiserlichen Truppen bewahrt haben soll. Das war im Dreißigjährigen Krieg, der so viele Städte in Deutschland ausgeplündert, ausgebrannt und völlig heruntergekommen zurückgelassen hat.

Das kaiserliche Heer wurde von dem schrecklichen General Tilly angeführt, von dem dazumal überall in Franken die schlimmsten Geschichten im Schwange waren. Er war ein Mann mit einem länglich-scharfen Gesicht und einem spitzen Kinnbart; hatte in spanischen und bayerischen Diensten gestanden und nach der Absetzung Wallensteins als Generalissimus die Truppen der Liga übernommen. Nach der verheerenden Schlacht von Nördlingen zog er gen Rothenburg. Die Rothenburger machten es ihm schwer. Der sonst so Sieggewohnte belagerte die Stadt lange, bis sie ihm endlich nachgeben musste. Weil das seine Eitelkeit kränkte, kündigte er an, dass er die gesamte Stadt plündern und brandschatzen werde, auf dass kein Stein mehr auf dem anderen bliebe. Und damit nicht genug: Er drohte, mehrere Ratsherren, die ihm unliebsam aufgefallen waren, hinrichten zu lassen.

Die Rothenburger erschraken bis ins Mark. Sie liebten ihre Stadt über die Maßen und schätzten und achteten ihre Ratsherren. Eilends versammelten sich Bürgerschaft, Ratsherren und Bürgermeister, um die grausige Sache abzuwenden. Man entschloss sich, den Grafen Tilly zu einem Festmahle einzuladen, bei dem man kräftigen Wein und gute Speisen auftischen wollte, um ihn gnädig zu stimmen. Viel hatte man nicht mehr in den Vorratskammern nach der langen Belagerungszeit, aber was man fand, richtete man manierlich an, und es gab tatsächlich einen, der rollte noch ein Fässchen Wein herbei, das er in einem Heuschober vor der Gemeindeverwaltung verborgen hatte.

Der Tilly erschien, hob den riesengroßen Humpen, den man ihm darbot, zu den Lippen und kostete finster den Wein. Ach, er spuckte ihn aus und verzog bitter das vornehme Gesicht: „Dies Gesöff ist so sauer", zischte er, „dass Gift drin sein könnt. Ich sage euch, Rothenburger, wenn nicht einer von euch diesen Humpen auf einen Zug austrinkt, dann seid ihr alle – und nicht nur diese Ratsherren dort – des Todes!" Und zum Zeichen, dass er es erst meinte, winkte er den Scharfrichter, den er vorsorglich mitgebracht hatte, zu sich. Der machte ein furchtbares Gesicht und zeigte den bleichen Gastgebern seine todbringenden Hände.

Wieder erschraken die Rothenburger. Sie wussten, dass ihr Wein nicht vom Besten war, aber so schlecht war er nun wirklich nicht. Es hätte ihn ein jeder trinken können, allein, der Humpen, den sie für den Tilly herbeigeschafft hatten, fasste dreieinviertel Liter! In einem Zug – wahrlich, wer das vollbringen konnte, der musste saufen können wie ein Pferd! Eine Stille entstand. Dann trat der Bürgermeister Georg Nusch beherzt vor und rief: „Wenn ich's schaff, gebt Ihr dann die Stadt und ihre Bürger frei?"

„Die Wette gilt!", sagte der Generalissimus, der sich auf das Schauspiel – ein wenig Kurzweil im Soldatenleben! – zu freuen begann. Und so hob denn der Nusch den Humpen an den Mund und schluckte und schluckte und lief rot an im Gesicht, weil ihm die Luft knapp wurde. Totenstill war's, bis er den letzten Tropfen geleert hatte. Er drehte den Humpen um und dann brach der Tumult los: Er hatte es geschafft!

„Bravo! Ein Meistertrunk!", riefen die Anwesenden und blickten vorsichtig zum Tilly. Der Feldherr schüttelte den Kopf und zog die Mundwinkel nach unten, aber er war ein Mann von Ehre und stand zu seinem Wort: Rothenburg blieb unversehrt.

Und so wird bis heute mancher Humpen auf das Wohl der Stadt geleert, auch hat man inzwischen im Taubertal gelernt, besseren, ja, sogar vorzüglichen Wein zu machen. 1910 stifteten die Nürnberger dem tapferen Rothenburg eine kunstvolle Uhr, die am Giebel der Ratsherrentrinkstube am Marktplatz zu sehen ist: Zwischen elf und vierzehn Uhr leert dort das Abbild des Altbürgermeisters Nusch einen Humpen, und der Graf Tilly winkt erstaunt mit dem Marschallstab dazu.

## Serpentina

Etwa zwanzig Kilometer östlich von Dinkelsbühl liegt der fast 700m hohe Hesselberg, auf dem man Spuren von frühgeschichtlicher Besiedlung gefunden hat. Dieser weithin sichtbare Berg hat von jeher die Gemüter bewegt – in ihm, so sagt man, läge allerhand Wunderbares versteckt.

So gab es einmal in Dinkelsbühl einen Bürgermeister, dessen Tochter Serpentina hieß. Sie war wunderschön und trug am liebsten blaue Kleider, weil dann ihre himmelblauen Augen am Besten zur Geltung kamen. So kam es, dass die Dinkelsbühler Bürgersöhne sich nach ihrer Gunst verzehrten. Einer, den man den Schönen Heinrich nannte und der der Sohn eines Hopfenhändlers war, warb besonders heftig um sie. Und Serpentina ihrerseits fand ebenfalls Gefallen an ihm, denn er trug seinen Spitznamen nicht zu Unrecht: Er war gut gebaut, hatte breite Schultern, eine schmale Taille und verträumte Augen. Aber die beiden hatten nicht mit Serpentinas Vater gerechnet: Der war in der Stadt wohl angesehen, bildete sich darauf etwas ein und war fest entschlossen, sein Töchterlein nur einem reichen und prächtigen Freier zur Frau zu geben. Ein Hopfenhändler? Pah! Das war ihm zu gering.

Das machte Serpentina und ihren Liebsten traurig, aber wie sehr sie die Sache auch drehten und wendeten, es fiel ihnen keine Lösung ein. Da wurde schließlich Heinrichs Vater aufmerksam; er wunderte sich, weshalb sein Sohn auf einmal so niedergedrückt und mutlos wirkte, obwohl er doch sonst immer ein fröhlicher junger Mann gewesen war. Er winkte ihn zu sich ins Kontor und fragte ihn eindringlich nach seinem Kummer. Da vertraute sich der junge Mann ihm an und gestand seine aussichtslose Liebe. Der Hopfenhändler tröstete ihn, so gut er konnte, und es war nicht wenig, was er zu bieten hatte – er erzählte von einer ungeheuerlich großen Erbschaft, die bald auf den Schönen Heinrich zukommen werde. Den Heinrich wunderte es zwar, aber es war ihm recht, und eilends lief er zu Serpentina, um ihr davon zu erzählen. Die war außer sich vor Freude und teilte diese Neuigkeit sofort mit ihren Freundinnen, die wiederum erzählten ihren Eltern davon, und so dauerte es nicht lange, bis die Botschaft von dem großen Erbe auch dem habgierigen Bürgermeister zu Ohren kam. Nach solcherart Vorarbeit schritt der Hopfenhändler, dem das Glück seines Sohnes über alles ging, zum Schrank und wählte seine allerteuerste Garderobe aus: einen hellblauen Samtrock mit großen silbernen Knöpfen, eine Hose mit silbernen Schnallen und ein silberbeschlagenes spanisches Rohr.

So gewandet spazierte er durch die Stadt und zum Bürgermeister. Dort brachte er in wohlgesetzten Worten das Anliegen seines Sohnes vor und bat in aller Form um Serpentinas Hand. Der Bürgermeister war beeindruckt; er rief sein Weib und seine Tochter in die Stube, und so wurde vor Zeugen das gegenseitige Eheversprechen besiegelt. Mehr noch, der Bürgermeister, geblendet von zukünftigem Reichtum, drängte darauf, die Hochzeit nur recht bald abzuhalten, denn er fürchtete plötzlich, dass der Schöne Heinrich es sich noch anders überlegen könnte.

Heinrich und Serpentina waren überglücklich. Sie herzten und küssten sich und fertigten lange Listen von all den Verwandten und Freunden an, die sie zur Hochzeit einladen wollten. Während sie noch über die Tischordnung nachdachten, geschah etwas Entsetzliches: Heinrichs Vater, der gerne reichlich aß und trank, starb am Schlagfluss, wie man dazumal das nannte, was wir heute Schlaganfall nennen. Man verschob das Hochzeitsdatum, um zuerst den Hopfenhändler zu begraben. Dies geschah, so wie es der Brauch verlangte.

Der Schöne Heinrich betrat sodann zum ersten Mal das Kontor alleine, denn er hatte sich zuvor allemal lieber um Mädchen und Tanzereien gekümmert als ums Hopfengeschäft. Er zog die Schubladen auf und studierte die Lieferlisten und die Kontobücher und versuchte, sich einen Eindruck vom Geschäft zu machen, das er nun selber würde führen müssen.

Wie sehr erschrak er, als von Kapital und Ersparnissen keine Rede sein konnte, sondern im Gegenteil nur von Außenständen, Krediten und anderen Schulden. Irgendwo, so dachte er sich, muss doch aber ein Nachweis von der zu erwartenden Erbschaft sein und suchte weiter und weiter. Immer verzweifelter riss er die Papiere aus den Laden, durchwühlte alles und stand schließlich im verwüsteten Kontor. Nun musste er sich eingestehen, dass dies alles wohl nur ein schöner Traum seines Vaters gewesen sein musste.

Und so schnell sich gute Nachrichten verbreiten, so schnell machen auch schlechte die Runde – der Bürgermeister erfuhr davon, und kündigte ohne viel Federlesens die Hochzeit auf. Und mehr noch – er beschlagnahmte des Hopfenhändlers Haus, das nun des Heinrichs Haus war, und behauptete, er müsse es verkaufen lassen, damit die vielen Schuldner das Geld bekämen, das ihnen noch zustünde. Da rächte sich, dass der Schöne Heinrich sich nicht ums Geschäft gekümmert hatte, denn nun konnte er nichts entgegnen, als einer nach dem andern kam und Geld forderte. So verlor er das Haus, und die anständigen Dinkelsbühler sahen's mit Schaudern, denn sie hätten dem Heinreich und seiner Serpentina ihr Glück wohl gegönnt.

Heinrich packte bitter sein Bündel und schickte sich an, zum letzten Mal den Gottesdienst in seiner Vaterstadt zu besuchen. Wie zerriss es ihm das Herz, als er die schöne Serpentina in ihrem vergitterten Kirchstuhl sah. Das Sonnenlicht fiel durch das Kirchenfenster auf ihre Wangen und glitzernd rollten dicke Tränen herab, währenddessen der hartherzige Bürgermeister daneben ungerührt seine Kirchenlieder sang.

Heinrich hatte beschlossen, nach Nürnberg zu ziehen, um in der großen Stadt sein Glück zu versuchen. Als er den Hesselberg bestiegen hatte, wandte er sich noch einmal um, einen allerletzten Blick auf seine Vaterstadt zu werfen. Er setzte sich auf einen Stein und dachte wehmütig an sein Liebchen. Da sah er plötzlich, wie sich eine kleine himmelblaue Schlange durch das Gras wand.

Erstaunt betrachtete er das Tierlein genauer, denn es schien sich nicht vor ihm zu fürchten, sondern näher an ihn heranzukommen. Auf dem Kopfe trug das Schlänglein eine winzige goldene Krone. Da musste Heinrich wieder an seine Serpentina denken, und er sagte leise zu der Schlange, die ihn unverwandt anblickte: „Serpentina!" Und dann noch einmal: „Serpentina!" Die Schlange sah immer noch zu ihm auf, ganz so als wolle sie, dass er weiterspräche. Da sagte er zum dritten Mal: „Serpentina!" Und mit einem Mal verschwand die Schlange und an ihrer Statt erschien eine Jungfrau mit blauem Kleid und goldener Krone.

„Wer bist du?", rief Heinrich erschrocken. „Die, die du gerufen hast", erwiderte das Mädchen. „Aber ich habe dich nicht gerufen", sagte Heinrich verwundert. „Doch", entgegnete das schöne Geschöpf, „dreimal hast du meinen Namen gerufen und also bin ich gekommen." Zu Heinrichs Überraschung setzte sie sich neben ihn auf den Stein und ergriff seine Hand. „Sag mir," bat sie ihn, „was bedrückt dich so?" Und da ließ er seinen Tränen, die er so lange seines männlichen Stolzes wegen zurückgehalten hatte, freien Lauf und erzählte ihr, was ihm geschehen war.

Sie zog ein feines weißes Taschentuch aus dem Gürtel und trocknete ihm die Tränen. Und dann sagte sie: „Wenn's weiter nichts ist, so will ich dir helfen."

Und sie führte ihn in den Berg, hinein, der sich plötzlich wie von Zauberhand vor ihnen auftat. Sie schritten eine lange steinerne Treppe hinab und gelangten schließlich in einen großen Saal. Die Jungfrau berührte eine Marmorsäule und augenblicklich wurde der Saal von hundert brennenden Wachskerzen erhellt. Der Schöne Heinrich wusste gar nicht, wo er zuerst hinsehen sollte, denn der Saal war über und über mit Schätzen angefüllt. Flugs öffnete sie eine silberbeschlagene Kiste, griff hinein und zeigte ihm einen aus Gold und Edelstein gefertigten Myrthenkranz und eine Kette von orientalischen Perlen. „Da, nimm," sagte sie, „dies soll dein Brautschmuck sein! Und füll dir die Taschen voll Gold, soviel sie zu fassen vermögen, denn davon sollst du deine Schulden bezahlen und dein väterliches Erbe auslösen."

Heinrich starrte sie an. In seinen kühnsten Träumen hätte er sich so etwas nicht vorstellen können. Er tat, wie sie ihm geheißen, aber dann sagte er sich, dass dies nicht mit rechten Dingen zugehen konnte und bat sie deshalb seinerseits um ihre Geschichte. Sie setzte sich auf einen goldenen Sessel und erzählte ihm von ihrem Vater, der ebenso wie der Bürgermeister ein schlechter Mensch gewesen war. Weit und breit habe man den Ritter Arno gekannt, weil der durch seinen lockeren Lebenswandel das elterliche Vermögen durchgebracht habe. So ausschweifend sei er gewesen, dass er schließlich einen Pakt mit dem Teufel geschlossen habe, auf dass dieser ihm weitere Reichtümer verschaffte. Ihre Mutter, eine gute Frau, wusste wohl, dass ihr Mann seine Seele dem Teufel verkauft hatte und betete deshalb zum Herrn.

Da erschien ihr eines Tages die Jungfrau Maria, die zu ihr sagte, dass sie bald eine Tochter bekäme, und wenn sie dieses Kind der Kirche weihe, so werde ihr Ehegatte von der ewigen Verdammnis erlöst. Dies sei aber nur der Fall, wenn die Tochter niemals der Liebe eines Mannes nachgebe, sondern allein dem Herrn ihre Liebe schenke. Die Mutter versprach, dass sie dafür sorgen werde und gebar eine wunderschöne Tochter.

Das Schlangenmädchen seufzte, schenkte Heinrich einen langen Blick und sagte: „Du erkennst wohl, dass ich dieses Kind war. Und du weißt auch, was Liebe ist – ist man erst einmal entflammt, gibt es kein Zurück mehr. Ich verliebte mich in den Ritter Benno von Lenkersheim und verlobte mich im sechzehnten Jahr meines Lebens heimlich mit ihm. Als ich im Kusse mit ihm niedersank, öffnete sich der Berg und verschlang die Burg meines Vaters mit all seinen Rössern und Möbeln und Reichtümern. Mein Vater wurde vom Teufel gepackt und geradewegs in die Hölle gezerrt, meine Mutter verschwand auf Nimmerwiedersehen, und ich fand mich in eine Schlange verwandelt wieder."

Der Schöne Heinrich strich ihr beruhigend über die Hand, denn die Erzählung hatte das Schlangenmädchen aufgewühlt und sie zitterte am ganzen Leib. „Und so muss ich nun als Schlange leben", fuhr sie leise fort, „und so lange hier im Berg ausharren, bis dass ich alle Reichtümer an Menschen ausgegeben habe, die ihrer bedürfen. Es dürfen aber nur solche sein, die sich ohne eigenes Verschulden in eine missliche Lage gebracht haben, und nur für diese darf ich mich für eine kurze Zeit wieder in das Mädchen verwandeln, das ich einmal gewesen bin.”

Heinrich strich ihr übers Haar und versprach, dass er, sobald er seine Schulden bezahlt habe, eine Seelenmesse für sie in Dinkelsbühl lesen lassen werde. Jetzt aber wolle er sofort in seine Vaterstadt zurückwandern und seiner Serpentina die frohe Kunde und den Schmuck bringen.

Das Schlangenmädchen nickte ernst, umarmte ihn und flüsterte ihm ins Ohr, dass sein Vater hinterm Ölbild im Kontor die wahren Geschäftsbücher habe und verschwand.

Heinrich marschierte nach Dinkelsbühl, löste sein Haus aus, hing das Ölgemälde ab, fand das Vermögen und die Schulddokumente, die sein Vater sorgsam verwahrt hatte. So konnte er die Ehre des Hopfenhändlers und auch die seine wiederherstellen und die wahren von den falschen Schuldnern trennen. Danach überbrachte er seiner Serpentina das Brautgeschenk, ließ die Messe für das arme Schlangenmädchen lesen und trat mit seiner Liebsten vor den Traualtar, ohne sich um deren Vater zu kümmern. Der Bürgermeister machte gute Miene zu der überraschenden Wendung, und so führten Heinrich und Serpentina eine glückliche Ehe, bis dass der Tod sie zu sich nahm. Von ihrem Erbe, so hatten sie es beide angeordnet, wurde ein Waisenhaus erbaut. An ihrem Todestag aber sollten die Kinder von Dinkelsbühl zu ihrem Andenken ein fröhliches Fest feiern. Und so geschah’s.

## Die Wolfshenker von Ansbach

Schon in der Antike gab es Geschichten über Menschen, die sich in Wölfe verwandelten. Immer war schwarze Magie im Spiel und stets schauderten die Zuhörer, wenn sie von Werwölfen hörten, glaubten sie doch, dass es nur Menschen mit einer besonders bösen Seele wären, denen solches widerfuhr. Die Bosheit des Innern, gepaart mit der Kraft des wilden Tieres – das war und ist eine furchtbare Vorstellung.

Auch in Ansbach muss es einen Werwolf gegeben haben, denn man findet noch seine Abbildungen im Stadtmuseum in der Schaitbergerstraße 10. Erstmals wurde der Wolf 1685 in den stadtnahen Wäldern gesehen, und man schaffte wehklagend die Leichen einer jungen Frau und eines Buben fort, die der Wolf totgebissen hatte. Es kamen noch drei Kinder zu Schaden, und man rechnete auch sie der Mordlust und Fressgier des Wolfes zu. Bald trauten sich die Bauern nicht mehr ohne Waffe auf die Felder, die Mütter ließen ihre Kinder nicht mehr allein vor die Tür, und das Volk rief nach Amtshilfe. Der Markgraf sandte bewaffnete Jäger, die das Tier zur Strecke bringen sollten, aber es zeigte sich für Wochen nicht. Man wunderte sich allgemein über die Gerissenheit des gefährlichen Räubers.

Am neunten Oktober jedoch wollte sich der hungrige Wolf einen Hahn holen und schlich in den kleinen Weiler Neuses, der in der Nähe von Eschenbach liegt. Dort fiel er in einen mit Reisig überdeckten Brunnen, und als die Bauern ihn da unten so sitzen sahen, überkam sie eine furchtbare Wut und sie steinigten das Raubtier.

Dann aber verlangte der Markgraf, dass der Kadaver nach Ansbach gebracht werden sollte, das damals Onolzbach hieß, damit alle sähen, dass das Raubtier nun tatsächlich tot wäre.

Man hieb ihm die Schnauze ab und setzte ihm eine Maske mit einem menschlichen Gesicht auf, man stülpte eine Perücke über seinen Schädel und klebte ihm einen Bart an, man zog ihm menschliche Kleidung über und hing ihn dann – für alle weithin sichtbar – an den Schnellgalgen. Und mehr noch: Man druckte Einblätter mit der Geschichte des Wolfes darauf und erregte damit landauf, landab großes Aufsehen.

Warum aber haben die Ansbacher mit ihrem Wolf – die gab es schließlich damals in anderen Wäldern auch – einen solchen Zirkus veranstaltet? Die Obrigkeit wusste schon, weshalb: Im Jahr zuvor, im April, war nämlich der allseits verhasste Bürgermeister Michael Leicht gestorben, eines natürlichen Todes zwar, aber man fürchtete dennoch, er könne wiederkehren.

Manche erzählten sich gar, er habe vom Dachfenster seines Hauses seiner eigenen Beerdigung zugesehen und rumore nachts in seiner Wohnung. Er galt als der zweitreichste Mann von Ansbach, aber jeder wusste, dass seine Wohlhabenheit nur durch Geiz, Wucher, Eigennutz und womöglich auch Amtsuntreue zustande gekommen war. Als dann der garstige Wolf auftauchte und sich trotz allerlei Listen nicht einfangen ließ, glaubte manch einer, dass es hier mit übernatürlichen Dingen zuginge. War der gierige Bürgermeister etwa um Mitternacht zum Werwolf mutiert? Der Markgraf wusste wohl, dass dergleichen Aberglauben schnell ins Kraut schießt und veranstaltete deshalb die öffentliche Hängung. Noch lange danach nannte man die Ansbacher deshalb die „Wolfshenker".

## Der Legionär und das Mädchen

Jeder weiß, dass vor nunmehr zweitausend Jahren die Römer die westliche Welt beherrscht haben wie kein Volk jemals wieder nach ihnen. Sie mussten große Entfernungen überwinden können, wenn sie die Grenzen ihres riesigen Reiches sichern wollten; und das taten sie. Wenige auf Rössern und in Wagen, aber viele, viele zu Fuß.

Römische Legionäre wanderten in Formationen über die Alpen nach Norden, um dort die Grenzen, die von den wilden Germanen immer wieder zerstört wurden, zu befestigen. So war einmal eine Kohorte in den Weißenburger Wald unweit der Stadt Weißenburg geschickt worden, um dort ein Lager zu errichten. Die Legionäre schwärmten aus und sammelten Holz für den Palisadenzaun, den sie immer zum Schutze ihres Lagers rundherum erbauten.

Einer der Legionäre, ein mutiger, noch junger Soldat, ging tiefer in den Wald hinein als die anderen. Man hatte ihn wohl vor den umherschweifenden Germanen gewarnt, er aber schlug die Warnung unbekümmert in den Wind; es war ein lauer Abend, und der Soldat wollte ein wenig für sich sein. Plötzlich aber nahm er in den Augenwinkeln eine Bewegung im Unterholz wahr. Das konnte ein Fuchs sein, ein Reh, ein Wolf, ein Bär sogar – keines dieser Tiere hätte der Römer gefürchtet. Aber es konnte eben auch ein Germane sein, und vor denen hatte der junge Mann Respekt, erzählte man sich doch abends an den Feuern von ihren Gräueltaten.

Der junge Römer spannte alle Muskeln an und hob vorsichtig, ohne ein Geräusch zu machen, sein Schwert aus der Scheide. Ein kleines Geräusch, ein schneller Schritt, ein lauter Schrei – und das Schwert steckte in den Eingeweiden eines alten Mannes, der nach Germanenart mit Hosen und Fellstücken bekleidet war und nur noch spärliche Haare auf dem Kopfe hatte. Der Soldat besah sich reumütig den Sterbenden, dem das Blut in Strömen aus dem Bauch floss, wahrlich – dieser hätte ihm nicht gefährlich werden können, schien er doch schon uralt zu sein. Im Gegenteil, nun erst hatte er durch sein vorschnelles Handeln die Gefahr heraufbeschworen: Wenn die Stammesgefährten den Toten fanden, würden sie aus Rache einen Überfall planen und manch einer seiner Kameraden würde womöglich durch seine Unbedachtheit zu Schaden kommen. Während der junge Legionär noch nachdachte, wie er die Leiche beseitigen könnte, raschelte es wieder im Gebüsch und ihm wurde schlagartig klar, dass der Alte nicht allein gewesen war. Schnell wischte er das Blut an einem Ahornblatt von der Klinge, behielt aber das Schwert in der Rechten und pirschte in Richtung des Geräusches.

Er sah etwas Helles durch die Blätter schimmern, sah lange schlanke Beine und nackte Arme und begriff, dass gerade ein Mädchen vor ihm flüchtete. Als es auf eine Lichtung sprang, fiel das schräge Sonnenlicht auf seine blonde Mähne, und der Soldat wurde von einem Verlangen erfasst, das ihn unvorsichtig machte. Ein solches Geschöpf zu besitzen! Eine Blonde unter seinen Sklavinnen! Eine wilde Germanin! Er musste sie bekommen, lebendig – wie seine Kameraden ihn beneiden würden! Mit diesen Gedanken setzte er dem Mädchen nach. Aber das Waldkind war schnell und sicher und schien sich auszukennen, so dass der Römer seine Mühe hatte, ihm zu folgen. Während er laut krachend durchs Gebüsch brach, huschte das Mädchen wie ein Reh von Ort zu Ort.

Immer tiefer folgte er der jungen Maid in den fremden Wald hinein. Schließlich hatte sie ihn an einen Ort gelockt, der dunkel und finster war. Plötzlich blieb sie stehen, drehte sich herum und sah ihm ins Gesicht. Er sah das helle Haar, die kühlen grauen Augen, die geschmeidigen Arme und den Speer, den sie in der Hand trug. Er war direkt auf sein Herz gerichtet.

Er tat, ohne nachzudenken, das, was er konnte und wofür er ausgebildet worden war: Er rammte ihr sein Schwert in die Brust. Es gab keinen Zweikampf für sie, keine Warnung, kein Messen der Kräfte: Es gab nur den Tod.

Er war froh, dass er mit dem Leben davon gekommen war, aber auch bestürzt über den Tod des Mädchens. Er hatte es haben, nicht töten wollen. Er wusste, dass er dafür streng bestraft werden würde, war es doch den Römern verboten, durch unnötige Händel mit dem Feind Unglück für die ganze Truppe heraufzubeschwören.

Da er Ehre im Leib hatte, begrub er die junge Frau mit bloßen Händen, damit ihr schöner Körper nicht von wilden Tieren zerrissen und verstreut würde. Dann machte er sich müde auf den Rückweg. Inzwischen war die Dämmerung hereingebrochen, und plötzlich begriff er, dass es doch einen Zweikampf zwischen der stolzen Germanin und ihm, dem Römer, gab – der war noch nicht zu Ende. Denn er wusste weder, wo er sich befand, noch wohin er sich wenden sollte. Er wusste nicht, welche Art Tiere im Walde zu Hause waren und wo die Germanen ihre Wohnstatt hatten. Jeder Schritt zu viel in diesem wilden Wald Germaniens konnte seinen Tod bedeuten. Warum hatte sie ihn in diese Richtung gelockt? Was gab es hier, das ihm gefährlich werden konnte?

Er spähte und spähte, aber die Schatten waren lang und schwarz; der Römer war gebürtiger Städter und kannte sich in der Natur nicht aus; er war das Alleinsein nicht gewöhnt und er befand sich in einem feindlichen Land. Zudem wurde es jetzt empfindlich kühl, und so kauerte sich der junge Mann schließlich unter die Zweige eines Baumes und versuchte, von seinem Versteck aus Wache zu halten. Noch während ihm die Augen zufielen, erschien ihm die blonde Schöne, sah ihn ver-

ächtlich aus ihren kalten grauen Augen an und murmelte entsetzliche, heidnische Verwünschungen.

Am nächsten Morgen erwachte er dennoch erfrischt und sah, dass das Murmeln, von dem er geträumt hatte, von einer Quelle herrührte, an deren Ufer er seine Raststätte gefunden hatte. Flugs folgte er dem Flusslauf und gelangte tatsächlich zu seiner Kohorte zurück, die ihn schon vermisst hatte und eben beriet, wie sie ihn finden könnte.

Er berichtete, was sich ereignet hatte - zwei getötete Germanen, ein Opfer weiblich, eines männlich - und erwartete sein Urteil. Doch der Hauptmann war gut gelaunt und beließ es bei einer Verwarnung: Der Tod des Greises war ein Versehen, der des Mädchens Notwehr. Der junge Soldat war erleichtert und beschrieb nun allen das Plätzchen, das er am Bache gefunden hatte. Der Hauptmann, der ohnehin mit dem eingerichteten Lagerplatz unzufrieden war, befahl den sofortigen Abbruch und gebot dem jungen Legionär, die Kohorte zu dem Waldplatz zu führen, wo er genächtigt hatte. Dem jungen Römer war dabei nicht wohl, wollte er doch auf keinen Fall in die Nähe der Begräbnisstätte seines Opfers kommen. Aber er hätte ohnehin nicht gewusst, wo sich diese befand, und so marschierte die Kohorte am kleinen Bachlauf entlang, bis sie zur Quelle auf der Anhöhe kam. Dem Hauptmann gefiel es, den Kameraden auch, und so wurde fröhlich ein neues Lager errichtet. Nur unser Soldat blieb ernst und schweigsam, während er arbeitete.

Nach einer kurzen Weile hatte sich herausgestellt, dass dieser Platz ein überaus günstiger war, und das Lager wurde dauerhafter und dauerhafter und am Ende fassten die Römer die Quelle mit Steinen; heute wird sie der Römerbrunnen genannt.

Der junge Soldat ist längst alt geworden, ins Reich zurückgekehrt und schließlich gestorben; aber den Römerbrunnen gibt es noch immer. Und wer abends in der Dämmerung, wenn die Schatten länger werden und die Todesstunde der tapferen Germanin anbricht, am Brunnen sitzt, der sieht ihre Gestalt durch die Bäume huschen: nackte Beine, geschmeidige Arme und eine wunderbare blonde Haarpracht.

Und wie ist es nun mit dem Zweikampf? Dauert er noch immer an? Wer gewinnt? Zwar hat das Germanenmädchen zuerst den Römer in die Irre geführt, dann jedoch ihren Widersachern einen guten Lagerplatz geschenkt – aber: Wo sind die Römer jetzt? Und wem gehört heute der Wald?

# Der Bauer und der Wolf

Wer von Spalt hört, der wundert sich über den seltsamen Namen dieses Ortes in Mittelfranken. Die Erklärung findet, wer von der Abendberger Straße aus hereinkommt. Gleich hinter der Rezat-Brücke liegt nämlich die alte Stadtmühle und an dieser sind drei Wappen angebracht. Da ist zuerst das von Christoff, dem ehemaligen Bischof zu Eichstätt, dann das von 1695 und zuletzt das Stadtwappen. Um letzteres geht es – es erzählt die Geschichte von dem merkwürdigen Ereignis, das Spalt seinen Namen einbrachte. Man sieht darauf zwei Bäume und dazwischen eine Kirche; in dem rechten Baumstamm ist ein Wolf eingeklemmt.

Im schönen Rezatgrund hatte der Spitzerbauer seine Äcker und Felder. In letzter Zeit ging er ungern allein hinaus, denn man erzählte sich überall in der Gegend, dass ein Wolfsrudel sein Unwesen triebe. Die einen berichteten von Schafen, die sie vermissten, die andern beklagten den Hühnertod, und wieder andere meinten, sie hätten es nachts bei Vollmond ganz schrecklich heulen hören.

Der Spitzerbauer war kein ängstlicher Mann, aber er war schon an die sechzig und wusste, dass er es schwer haben würde, gegen einen Wolf – oder gar mehrere – anzukommen.

Eines Tages hatte sein Weib ihm einen schönen Kanten Brot und eine Ration fette Wurst in das Taschentuch gebunden; er legte sich des Mittags nach getaner Arbeit unter den Baum und entspannte sich ein wenig. Sein Brot hatte er verzehrt und viel um sich herum gekrümelt, von der Wurst war noch ein Stück übrig. Er sah in die Zweige hinauf und bemerkte die vielen Vögel, die sich dort sammelten. Ach, dachte der Bauer ein wenig melancholisch, schon wird es wieder Herbst und die klugen Tierlein rüsten sich zum großen Flug. Da möchte man doch glatt mit von der Partie sein und einmal alles hinter sich lassen.

Wie er so nachdachte und träumte, gewahrte er auf einmal einen großen schwarzen Schatten am Waldrand. Zuerst meinte er, dass dies schon der Abendschatten sei, aber dann sah er, dass sich der Schatten bewegte. Er stand langsam auf und steckte das Stück Wurst in die Hosentasche. Kaum hatte er die Raststelle verlassen, stürzten sich die Vögel aus dem Baum auf die Krumen, und dem Spitzerbauer wurde auf einmal seltsam zumut. Wie die kleinen Tierchen um das bisschen Futter kämpften, so böse und so gnadenlos gegeneinander, so mochten auch die großen Tiere im Wald einander feind sein, wenn es um das Überleben ging. Und der Mensch ist ja auch nichts weiter als ein sonderbares Tier, dachte er, und da sprang ihn auf einmal aus dem Nichts der Wolf an.

Der Spitzerbauer erschreckte sich zu Tode. Der Wolf schnappte nach seinen Knien, und in seiner Todesangst schrie der Spitzerbauer so laut er konnte; aber niemand war nahebei, und niemand hörte ihn, und nur die Vögel stoben auf. Da hatte der Bauer den Einfall, der ihm das Leben sichern sollte: Er riss den Wurstzipfel aus seiner Hosentasche und warf ihn dem hungrigen Wolf hin, der sich auf des Bauern grellen Schrei hin überrascht ein Stückchen wegbewegt hatte. Gierig fing der Wolf den Zipfel mit seiner spitzen Schnauze auf, Geifer floss ihm aus dem Maul und seine Reißzähne blitzten in der Abendsonne.

Da begriff der Spitzerbauer, dass er den Augenblick nutzen und die Beine in die Hand nehmen musste. Er rannte los, dass es Funken unter seinen Hacken schlug. Über das Feld, an der Birke vorbei, den Rain hinauf, den Waldweg entlang, durch die Bäume hindurch – der Spitzerbauer lief, wie er noch nie in seinem ganzen Leben gelaufen war. Er sah kein einziges Mal zurück, aber er fühlte, wie die Todesangst ihm Flügel verlieh

– oder war's der Herrgott? – und er trotz seiner Jahre schneller und schneller wurde. Dann hörte er hinter sich das Hecheln des Wolfes ... oder war es sein eigener jagender Puls? Der Spitzerbauer getraute sich nicht, sich umzudrehen und nachzusehen, zu leicht hätte er stolpern können und dann wäre es aus gewesen. Im Gegenteil, während seine Beine sprangen, bemühte sich sein Hirn um eine Lösung aus der Notlage und seine Augen um einen Rettungsweg. Sie musterten jeden Baum, der da in den Weg kam, ob da nicht einer dabei wäre, den er ohne großes Klettern hinaufkäme und der böse Wolf nicht. Kletterten Wölfe überhaupt? Der Spitzerbauer wusste es nicht, war doch dieser der allererste, den er zu Gesicht bekam. Nein, der Ahorn da hatte zu schwache Äste, die Buche dort trug unten überhaupt keine, die Eiche war zu dicht und die Fichte zu hoch ... rastlos rasten seine Blicke die Baumstämme hinauf und hinunter, während seine Stiefel auf den Waldboden trommelten.

Der Wolf war wieder näher gekommen, der Spitzerbauer hörte es mit Grauen; die Bestie schnappte nach seinem Hosenboden. Da rannte der Bauer auf eine große Eiche zu, schlug einen Haken, griff sich einen Ast und schwang sich in die Höh wie ein Akrobat im Zirkus. Wumm! Das Tier hatte diese List nicht kommen sehen und prallte mit seinem Körper gegen den Stamm der Eiche. Die erzitterte und mit ihr der im Ast hängende Bauersmann. Ängstlich spähte er durch die Zweige: Gewiss würde der Wolf gleich wieder zu sich kommen und am Stamme hochspringen. Doch was sah der Spitzerbauer? Der Kopf des Wolfes mit der spitzen Schnauze steckte im Stamm, hatte sich hineingebohrt und konnte nicht mehr zurück, während das Hinterteil sich wand und zappelte wie eine Forelle an der Angel.

Da kletterte das schlaue Bäuerlein herab, hieb dem Wolf aufs Hinterteil und lief zum nächstgelegenen Hof, um Hilfe zu holen. Die beiden Bauern, die er herbeirief, nahmen ihre Dreschflegel mit, und dann war's um das arme Tier geschehen.

Die Geschichte vom Wolf, der mit seinem Kopf den Baum gespalten hatte, lief um wie ein Lauffeuer. Von überall kamen die Leute und staunten, wenn der Spitzerbauer ihnen den Schlitz in der Eiche zeigte. Und manch einer, der den Rezatgrund vorher nicht gekannt hatte, wurde jetzt auf ihn aufmerksam. Sah wie fett die Wiesen waren, wie feucht die Äcker, wie dicht der Wald war. So zog nach und nach manch ein Auswärtiger dorthin. Der Platz zwischen den Bauernhöfen füllte sich, ein Dorf entstand. Und man nannte es zum Andenken an die Tat des Spitzerbauern Spalt.

# Der Schatz im Heidenberg

Die Stadtkirche von Roth steht an einer Stelle, die eine lange Geschichte hat. Vor unendlichen Zeiten soll sich genau an diesem Ort eine Kultstätte der Germanen befunden haben.

Wie die Christen später und vor ihnen die Römer, so hatten auch die Germanen eine Priesterkaste, die zwischen ihren Göttern und den einfachen Menschen vermittelte. Diese Heidenpriester hatten die Stelle, auf der heute die Kirche steht, ausgewählt, um dort ihrem Gott Donar zu huldigen. Donar, im Norden auch Thor genannt, war ein mächtiger Gott, der neben Wotan die Welt beherrschte. Nach der Überzeugung der Heiden gebot er über Winde und Wolken und schickte seine Stimme als Donner über die Lande, wenn ihm danach war. Weil er mit den Wolken auch den Regen kommen und gehen lassen konnte, wie es ihm beliebte, galt er auch als der Hüter von Fruchtbarkeit und Wachstum und wurde deshalb gefürchtet und gefeiert. Man stellte sich vor, dass er auf einem von Böcken gezogenen Wagen über den Himmel zog und mit einem mächtigen Hammer die Töne erschallen ließ, die man allgemein bei Gewittern hört.

Die Donarpriester bereiteten nun an dieser Stätte ihre Andachten vor, sammelten die Opfergeräte und Kelche, und ließen güldene Hämmer zum Wahrzeichen ihrer Aufgabe anfertigen. Von weit her kam das germanische Volk, um den Gottesdiensten beizuwohnen, und weithin wurde die Reichhaltigkeit und Schönheit der kultischen Wertgegenstände der Donarpriester von Roth gerühmt. Die Donarpriester sprachen an jener Stelle auch Gericht, wenn es einen Fall unter den streitlustigen Germanen zu verhandeln gab.

Doch dann kamen die Römer und vermischten den römischen Glauben an Jupiter mit dem germanischen an Donar und brachten uns den Donnerstag, Donars und Jupiters Tag. Und kurz darauf reisten die ersten christlichen Missionare durch die Lande und erzählten den staunenden Germanen von dem Allmächtigen Gott und von Jesus Christus, seinem Sohn.

Die Donarpriester von Roth wehrten sich wacker gegen die neuen Gottheiten, aber das Volk wurde schwankend. Immer seltener wurde nun auf dem Kultplatz in Roth dem Donar geopfert, immer häufiger wurde Gericht gesprochen, ohne hernach die priesterliche Weihe zu vollziehen. Die Donarpriester verloren an Ansehen, und als die ersten Germanen die Taufe begehrten, ahnten die alten Heidenpriester, dass es nun mit ihrem Stand zu Ende ging. Und weil so oft die neu Überzeugten die gefährlichsten und rabiatesten sind, fürchteten sie zu Recht um ihre Zukunft in der Dorfgemeinschaft. Als einer nach dem anderen Donar abschwor und den Allmächtigen Gott seinen Herrn nannte, entschlossen sie sich zu handeln. Sie nahmen die wertvollen Kultgegenstände auf, weinten und küssten sie, wickelten sie in Leintücher und trugen sie in den Wald, wo die Christen sie nicht finden würden. Sie betteten sie in Ebenholztruhen und verschlossen sie mit zahlreichen Riegeln. Sie gruben tiefe Höhlen und wuchteten die Truhen hinein. Sich selbst versteckten sie in den Büschen.

Man ließ sie in Frieden, doch es meldeten sich keine Nachfolger mehr. Da wussten die Alten, dass nun das Ende nahte und niemand mehr Donar verehren würde, also auch ihre wertvollen Kelche und Hämmer nicht länger gebraucht werden würden. So verwischten die Alten sorgfältig alle Spuren, lobten ein letztes Mal den großen Gott Donar und legten sich zum Sterben nieder.

Fortan wurde der Hügel, der sich nordwestlich von Roth befindet, Heidenberg genannt. Man sagt, dass die Schätze der Heidenpriester von einem riesigen schwarzen Hund bewacht werden, der ebenso stark wie bösartig ist. In seinen Tatzen hält er den Schlüssel, der die Schatztruhen der Priester öffnet, und aus seinem Maul dringt feuriger Atem, den ihm Donar aus seinen Gewittern geliehen hat.

Es hat viele gegeben, die versucht haben, den Schatz im Heidenberg zu heben. Bis heute weiß keiner, wo er sich genau befindet und wie tief ihn die Heidenpriester begraben haben, ist doch schon so viel Zeit darüber vergangen. Aber immer wieder versucht es einer, und so hat man ein wenig Wissen darüber angesammelt. Eines steht fest: Nur ein Sonntagskind soll den Schatz heben können, ein Montags-, Dienstags-, Mittwochs-, Freitags- und Samstagskind niemals. Vielleicht aber ist das mit dem Sonntagskind nur ein schlaues Heidengerücht, und es muss doch ein Donnerstagskind sein? Wir, die wir ja der Germanen Nachfahren sind, würden uns darüber gewiss nicht wundern!

# Der achtbeinige Gaul

Zu Schwabach gab es schon immer einen schönen Wochenmarkt, auf dem neben allerlei Obst und Gemüse aus dem Umland auch Weißkohl verkauft wurde. Die Bürger und Bürgerinnen kamen wie heute mit ihren Körben und Taschen und versorgten sich mit dem, was die Gärten und Felder des sonnenverwöhnten Franken hergaben.

Unter den Marktbeschickern war auch ein Bäuerlein, das in der Umgebung von Wolframs-Eschenbach sein Zuhause hatte. Die Wolframs-Eschenbacher sind stolze Leute, hat doch in ihrem hübschen Ort der große Dichter des Mittelalters, Wolfram von Eschenbach, seine Verse niedergeschrieben. Dem Bäuerlein war das einerlei, er lebte von seinen Kohläckern. In Schwabach auf dem Markt fand er seine Abnehmer, treue Kunden, die wussten, dass seine Kohlköpfe die besten und festesten weit und breit waren. Im frühen Herbst kauften sie, was er liefern konnte, und stapelten die Kohlköpfe in ihren Vorratskammern, um lange haltbares Sauerkraut für den Winter daraus zu stampfen.

Auf dem Weg von Wolframs-Eschenbach nach Schwabach gab es an einer abfallenden Wegstrecke eine besonders große Buche. An ihrem Stamm hing bis vor kurzem ein schwarzes Brett, das „Schwarze Täfela" genannt. Just an dieser Stelle befand sich der Bauer eines Morgens mit seinem hochbepackten Wagen, als sich etwas ganz und gar Seltsames ereignete. Der Kohlbauer hatte seine Pferde gerade in leichten Trab versetzt, als in einiger Entfernung vor ihm auf dem Weg ein Reiter mit seinem Gaul auftauchte. Er gab seinen Pferden ein wenig von seiner Gerte über die Rücken, denn er wollte doch sehen, wer da vor ihm so früh am Morgen unterwegs war. Die Pferdehufe wirbelten Straßenstaub auf, das Gefährt preschte den Hügel hinab und schon verringerte sich der Abstand. Als sich der Bauer die Augen gerieben hatte, sah er, dass der Reiter vor ihm einen Gaul zwischen den Schenkeln hatte, der nicht vier, sondern acht Beine besaß. Da wurde dem armen Manne klar, dass er die seltsame Erscheinung niemals würde einholen können, und er ruckte am Zügel, auf dass seine Rösser wieder langsamer würden. Wie sie nun zu traben aufhörten, war auch der Reiter verschwunden. Es schien, als habe er sich in Luft aufgelöst.

Der Bauer kratzte sich nachdenklich im Nacken. Er wusste, dass eine solche Erscheinung eine Bedeutung haben musste, allein, er konnte sich nicht erklären, welche. So schüttelte er denn den Kopf, lenkte sein Gespann nach Schwabach und lud seine Kohlköpfe ab. Aber der Markttag war nicht wie sonst – kaum jemand kam und kaufte, und die wenigen, die kamen, knauserten. Am Ende packte der Bauer die Hälfte seiner Feldfrüchte wieder auf den Wagen und zockelte betrübt nach Hause. Als er an dem schwarzen Täfela vorbeikam, sandte ihm plötzlich der Herrgott die Erleuchtung: Der feurige Reiter auf dem achtbeinigen Gaul hatte ihm sagen wollen, dass es an diesem Tag kein Geschäft für ihn gäbe! Der Bauer murmelte ein Dankeschön in die Buche hinauf und fuhr nach Hause.

Als er sich eine Woche später wieder auf den Weg nach Schwabach machte, wartete er gespannt auf den Spuk. Und siehe da, er erschien wieder, wieder galoppierte er auf seinen acht Beinen durch den Morgentau, und wieder wirbelte er Staub auf, dass einem das Hören und Sehen verging. Da dankte das brave Bäuerlein, wendete und fuhr nach Hause. Seine Frau war überrascht, als sie ihn so unerwartet wieder auf dem Hof sah, aber er erklärte ihr nichts, damit die Erscheinung seine Wirkung behielte.

Nun wollen wir doch sehen, dachte der kluge Mann, ob es damit auch wirklich seine Richtigkeit hat. Er machte sich in

Haus und Hof zu schaffen, und als es schließlich eine Stunde vor Mitternacht war, spannte er an.

"Wohin willst du?", fragte die Bäuerin erstaunt. „Zum Markt nach Schwabach", entgegnete er und winkte mit der Gerte. Nach einer guten Stunde erreichte er die alte Buche. An der abschüssigen Stelle beim Täfela fielen seine Zugtiere wie gewohnt in einen forschen Trab, und der Kohlbauer strengte seine Augen an, um den Spuk nicht zu verpassen.

Vielleicht war die Nacht so dunkel, dass er ihn nicht sehen konnte, vielleicht war er wirklich nicht da – wie auch immer, der Bauer erblickte ihn nicht und fuhr schnurstracks gen Schwabach, wo er als allererster Marktbeschicker seinen Kohlhaufen aufschichtete. Und siehe da – seine Kunden, die ihn schon schmerzlich vermisst hatten, kamen zuhauf und zahlten besser als sonst. Da war sich der Bauer sicher, dass er den geisterhaften Reiter recht verstanden hatte.

Der Erfolg ließ ihn nicht stille sein; er erzählte die Geschichte seiner Frau. Und die hatte Freundinnen in Wolframs-Eschenbach und drum herum und so dauerte es nicht lange, bis auch die anderen Bauern Bescheid wussten. Fortan hielten sie es so: Sie schickten ihre Fuhrwerke erst am schwarzen Täfela vorbei, wenn die Geisterstunde herum war. Und Tatsache oder nicht – keiner hat je den achtbeinigen Gaul wieder gesehen. Ob die Markttage seither immer erfolgreich waren? Man hat aus Schwabach nichts Gegenteiliges gehört.

## Literatur

Sagen über die Geschehnisse des alltäglichen Lebens, wie sie in diesem Band erzählt werden, sind Volkssagen; sie haben ihren Ursprung in mündlichen Überlieferungen, in denen manchmal unerklärliche oder schreckliche Ereignisse mit Hilfe von mystischen Wesen verständlich oder erträglich wurden. Im 19. Jahrhundert haben Germanisten und Volkskundler Volkssagen zusammengetragen und schriftlich festgehalten. Diese Sammlungen sind wertvolle Quellen, denn sie waren den alten, mündlich tradierten Erzählungen ja zeitlich sehr nahe. Auch neue Sammlungen greifen auf diesen Fundus zurück.

Einige Sammlungen regionaler Sagen sind unten aufgelistet. Der interessierte Leser findet die Sagen dort in ihrer ursprünglichen, meist kurzen Form: Quelle auch für die sagenhaften Geschichten dieses Buches und wahre Fundgrube für alle Sagenfreunde.

**Bauer, Franz**
Alt-Nürnberg
München 1995

**Die Schwarzen Führer**
Franken
Freiburg 1996

**Hinze**, Christa/**Diederichs**, Ulf
Fränkische Sagen
Düsseldorf/Köln 1993

**Kriegelstein**, Alfred
Sagen, Legenden, Geschichten aus Mittelfranken
München/Bad Windsheim 1983

**Mümmler**, Manfred
Sagen erzählt an Aurach und Zenn
Markt Erlbach 1983

**v. Reitzenstein,** Alexander
Franken
München 1959

**Schlund**, Hans Hermann (Hrsg)
Sagen aus Franken
Husum 1991

**Schlund**, Hans Hermann
Zenngrund, Bibert und Aurach
Leutershausen 1983

**Schöppner**, Alexander
Sagenbuch der Bayerischen Lande (1874)
München 1979

**Schwammberger**, Adolf
Fürther Sagen
Fürth 1971

**Wölker**, Andreas
Aus der Geschichte der Stadt Höchstadt an der Aisch
Höchstadt 1979

## Ortsregister

# Die Sagenreihe aus dem Prolibris Verlag

Bisher erschienen:

Burckhard Garbe
**Die schönsten Sagen**
**Region Kassel**
ISBN 3-935263-08-2

Burckhard Garbe
**Die schönsten Sagen**
**zwischen Harz und Weser**
ISBN 3-935263-10-4

Anke Cibach
**Die schönsten Sagen**
**Region Hamburg und Niederelbe**
ISBN 3-935263-11-2

Marion Kortsteger
**Die schönsten Sagen**
**aus dem Münsterland**
ISBN 3-935263-12-0

www.prolibris-verlag.de